Walt Disneys Mausefalle

Transfer Europa XVIII

Zoran Ferić

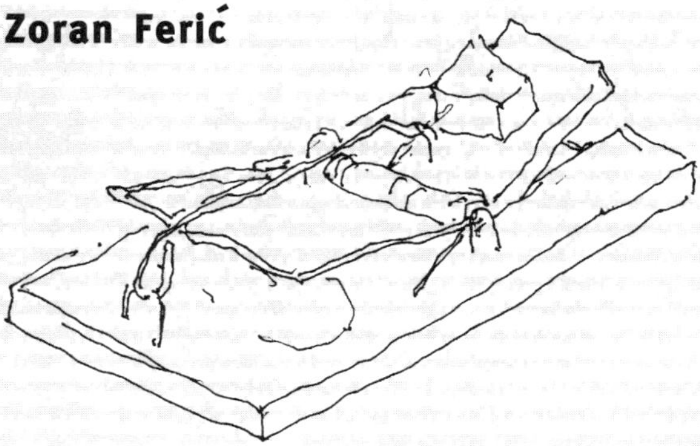

Walt Disneys Mausefalle

Zehn Erzählungen

Aus dem Kroatischen
von Klaus Detlef Olof u. a.

Folio Verlag

Titel der Originalausgabe: Mišolovka Walta Disneya, Zagreb 1996

Die Zeichnung der Mausefalle stammt von Paul Thuile.

Gedruckt mit freundlicher Unterstützung durch Kulturkontakt
und die Autonome Region Trentino-Südtirol.

Aus dem Kroatischen von: Silvia Branz, Gregor Chudoba, Elisabeth Gecse, Britta Greiner, Detlef I. Olof, Klaus Detlef Olof, Angela Ribić und Lisa Singer.
Leitung und Schlußredaktion: Klaus Detlef Olof.

Die Übersetzung dieses Buches wurde im Juli 1997 auf Premuda/Kroatien beim 2. Sommerkolleg „Literarisches Übersetzen“ erstellt, das vom Institut für Übersetzer- und Dolmetscherausbildung der Universität Graz veranstaltet und durch das Bundesministerium für Wissenschaft und Forschung gefördert wurde.

Lektorat: Jessica Beer

Graphische Gestaltung: Dall'O & Freunde
Druckvorbereitung: Graphic Line, Bozen
Druck: Dipdruck, Bruneck

ISBN 3-85256-085-3

[INHALT]

Lauf Doktor lauf 7
Die Frau im Spiegel 17
Walt Disneys Mausefalle 50
Einen Fetzen zum Singen bringen 67
Legende 79
Die Frau mit dem Gebärmutterkrebs 88
Tee in der Sahara 94
Die Fälscher 107
Alexis Sorbas 116
Geschichte der Dame für vorher 125

[Lauf Doktor lauf]

1. Ein unschuldiger Scherz

Lauf Doktor lauf« ist ein Spiel für mindestens einen autostoppenden Doktor der Wissenschaften und zwei Bestatter im Dienstwagen; die Spielregel verlangt, daß die Bestatter, sobald sie den Doktor mit in die Höhe gestrecktem Daumen erblicken, die Fahrt gerade so sehr verlangsamen, daß der Arme glaubt, der Wagen werde tatsächlich halten. Ein gelernter Autostopper zögert für gewöhnlich, wenn er einen schwarzen Leichenwagen sieht, sprintet dann aber los, um ihn einzuholen. Wagen ist Wagen, denkt er vermutlich, und sei es ein Leichenwagen. Der Reiz des Spiels liegt darin, genau dann, wenn der Doktor losläuft, unmerklich Gas zu geben, um ihn in diesem philosophischen Zustand zu halten. Wenn sich der zum Laufen gebrachte Doktor als besonders hartnäckig erweist und dem Auto lange und schnell genug hinterherhechelt, so erbarmen sich die Bestatter seiner großmütig. Gibt er hingegen vorzeitig auf, kriegt er seine Chance eben beim nächsten Mal.

Die Stadtverwaltung war es, die das ganze Spiel erst ermöglicht hatte, indem sie das Institut für Atomphysik subtilerweise unmittelbar neben dem Friedhof mit seinenVerwaltungsgebäuden, in weiter Entfernung von der Straßenbahn hatte errichten lassen. Keiner der Bestatter, die das Spiel spielen, weiß, warum die am Institut tätigen Doktoren der Wissenschaft nicht selbst Auto fahren. Einige vermuten, es sei wegen ihrer Dioptrien, andere meinen, die Doktoren seien so zerstreut, daß sie im Straßenverkehr nur eine Gefahr darstellen würden. Die Vertreter der zweiten These führen als Beispiel unter anderem Einstein an, der immer mit offenen Schnürsenkeln und in einer Art Kittel auf der Straße herumgelaufen sei. Wie dem auch sei, um drei Uhr, nach Dienstschluß, kann man auf der stadteinwärts führenden Straße eine große Anzahl von Wissenschaftlern mit in die Höhe gestrecktem Daumen stehen sehen. Das tun sie für gewöhnlich auf dem längeren geraden Abschnitt vor der scharfen Linkskurve, in der die Fahrbahn einige Meter über dem umliegenden Gelände verläuft, das links und rechts von der Straße steil abfällt. In der Kurve hängt an der Leitschiene ein winziger Kranz aus Trokkenblumen. Dieser Teil der Strecke ist für Fußgänger äußerst unangenehm, und Autostoppen ist hier lebensgefährlich. Gerade deswegen versuchen die Doktoren, noch auf dem geraden Abschnitt der Straße vor dieser Charybdis einen *lift* zu erwischen.

Ein Teil des Spiels besteht im sogenannten »Doktormessen«. Die Größe der Doktoren wird zwischen Daumen und Zeigefinger gemessen, die in wenigen Zentimetern Abstand vors rechte Auge gehalten werden. Wenn der laufende Doktor nahe an das Auto herankommt, so erscheint er groß genug, um sich die Fahrt zu verdienen. Die Entscheidung obliegt verständlicherweise dem Beifahrer, denn der Fahrer ist ja mit dem Geschehen auf der Straße beschäftigt. Daher braucht man für dieses Spiel zwei Bestatter: einen, der den Doktor zum Laufen bringt, und einen zweiten, der ihn mißt. Die Doktoren, die es nicht auf die erforderliche Größe bringen, um mitgenommen zu werden, müssen mit einem Fußmarsch vorliebnehmen. Interessanterweise lassen die Doktoren trotz zahlreicher Mißerfolge nicht vom Autostoppen ab, sondern widmen sich ihm im Gegenteil mit immer größerer Leidenschaft und Hartnäckigkeit.

2. Der Schwarze Punkt

Der Südwind, der das ganze Wochenende hindurch geweht hatte, machte den Januar zum April. Am Wochenanfang blieben die Wolken, die sich seit Tagen angehäuft hatten, endgültig über den Bergen hängen.

– Ich hasse den April, sagte Al, während sie die Friedhofsallee hinunterfuhren, an solchen Tagen fühle ich mich immer so matt.

– Der April ist brutal, sagte sein Beifahrer, den sie Mac nannten, weil er den Nachnamen eines legendären Vorkriegspolitikers trug.

– Wie bitte? sagte Al.

– Die meisten Leute sterben im April. Erinnere dich nur an letztes Jahr.

Ihre schwarzen Krawatten und makellos weißen Hemden boten in der Wintersonne ein auffallendes Bild. Al trug ein schwarzes Sakko mit Seidenrevers, während sich Mac mit einem Gilet aus dunkelblauem Tuch begnügte. Beide sahen sehr elegant aus. Schon von weitem konnten sie einen der Doktoren des Instituts erkennen, der den Daumen in die Höhe reckte.

– Mir ist noch nie aufgefallen, sagte Al, wie sehr das Autostoppen an den *pollice recto* erinnert.

– An was?

– An den aufgestellten Daumen in der Gladiatorenarena. Bedeutet Begnadigung.

– Wollen wir ihn zum Laufen bringen? sagte Mac. Es schien ihm großen Spaß zu machen. Sie passierten den unglücklichen Autostopper, und nach ungefähr zehn Metern verlangsamte Al die Fahrt. Als der Doktor seinen Schritt beschleunigte, hätte man seine Gangart eher als traben denn als laufen bezeichnen können. Al gab etwas Gas. Eine Spur. Al war sich dessen bewußt, daß ein Körper, der sich hinter einem anderen bewegten Körper herbewegt, die zwischen ihnen liegende Distanz nicht genau einschätzen kann. Al brauchte seine Geschwindigkeit nur unmerklich zu erhöhen: das Auto mit der Kupplung halten und etwas mehr Gas geben. In zwanzig Sekunden war der Mann in vollem Sprint. Al war Experte im Zum-Laufen-Bringen. Manchmal nahm er die Kupplung zu Hilfe, manchmal arbeitete er nur mit dem Gaspedal. Letzteres war schwieriger, da die Gefahr bestand, daß das Auto einen heftigen Satz nach vorne machte, der den Läufer entmutigte. Die Mehrzahl der Bestatter benutzte die Kupplung, Al war einer der wenigen, die es auch nur mit dem Gaspedal konnten.

– Er wird größer! sagte Mac. Das bedeutete, der Doktor hatte einen ordentlichen Zahn zugelegt. Mac hielt Daumen und Zeigefinger vor die Augen, als zeigte er die Dicke eines Buches, das er gelesen hatte. Mac haßte dicke Bücher und zeigte sie immer auf diese Weise.

– Ist er groß genug? fragte Al und drehte sich zum Läufer um.

– Paß auf, wohin du fährst, Idiot!

– Du wirst doch wohl zugeben, daß ich ihn mit dem Gaspedal auf Distanz gehalten habe, sagte Al. Daran war ihm offenbar besonders gelegen.

Knapp vor der Kurve ließen sie ihn einsteigen und auf dem Notsitz Platz nehmen. Die Brille des Doktors war beschlagen.

– Vielen Dank, Jungs, sagte er. Man hätte etwas mehr erwartet, aber das war alles. Es war offenbar ein schweigsamer Doktor. Das Schweigen dauerte den größten Teil der Fahrt an, und man hörte nur den stoßweisen Atem des Mannes, der das Laufen nicht gewohnt war.

– Kleine Gehälter, he? sagte Mac. Und Benzin ist teuer ...

– Ich fahre nicht, sagte der Doktor und nahm seine Brille ab, um sie zu putzen. Ohne Brille sah er äußerst gepflegt aus.

– Wegen der Augen? fragte Al.

– Nein. Es hat mich nie interessiert. Für mich war es immer nur Zeitverschwendung.

Sie schwiegen wieder. Die Häuser zogen nun wie eine endlose Kette an ihnen vorüber. Das bedeutete, daß sie sich der Stadt näherten und die Fahrt für den Doktor zu Ende war.

– Es tut mir leid, wenn Sie ein wenig laufen mußten, sagte Al, die Bremsen scheinen nicht in Ordnung zu sein.

– Keine Sorge, sagte der Doktor, ich kenne euer Spielchen. Alle im Institut wissen Bescheid. Ihr Jungs müßt einen Heidenspaß haben.

Wieder herrschte Schweigen. Al wußte nicht, was er sagen sollte. Er war sich bewußt, daß es nichts mehr zu sagen gab. Mac hatte offenbar Angst gekriegt. Er interessierte sich plötzlich auffallend für die entgegenkommenden Autos. Mac liebte Autos, sie waren sein Trost in schweren Momenten.

– Laßt mich hier raus, sagte der Doktor bei der ersten Straßenbahnhaltestelle. Ja, und das hier schicken euch meine Kollegen vom Institut.

Er drückte Mac einen runden Karton von der Größe eines Bierdeckels in die Hand.

– Was ist das? fragte Mac.

– Ein Schwarzer Punkt, sagte der Doktor. Es klang drohend.

Als der Wissenschaftler ausgestiegen war, zeigte Mac Al den ungewöhnlichen Gegenstand. Es handelte sich um eine runde Kartonscheibe; sie war völlig schwarz, nur auf einer Seite stand in roten Buchstaben: $\mathbf{E = mc^2}$

– Was ist das für ein Scheiß? fragte Mac.

– Irgendeine beschissene Drohung, antwortete Al. Das gefällt mir nicht. Das gefällt mir gar nicht.

3. Merkwürdige Dinge

Mitte der Woche begannen sich in der städtischen Friedhofsverwaltung merkwürdige Dinge abzuspielen. Die Würste, die Oberbestatter Fetzen von seinem Schlachtfest mitgebracht hatte und die sie gemeinsam zum Selchen gehängt hatten, waren wurmig geworden.

– Der Rauch ist nicht gut, sagte Al, ich habe dir gesagt, daß der Rauch nicht gut ist.

– Der Rauch ist ausgezeichnet, Alan, sagte Fetzen, der ihn immer mit vollem Namen rief. Der Hund liegt woanders begraben.

– Soviel ich weiß, nimmt man dazu Rauch von Sägespänen.

– Das Problem ist, daß es so warm ist, sagte Mac. Ich kann mich nicht erinnern, daß es zu dieser Jahreszeit jemals so warm gewesen ist.

– Das mag ein Grund sein, sagte Al, aber wir hätten doch Sägespäne zum Räuchern nehmen sollen.

Frau Dorica, die sich um die Blumen auf den Gräbern bedeutender Persönlichkeiten kümmerte, sagte, sie habe schon lange nicht mehr so große Würmer gesehen. Schon beim Anschneiden der Wurst, sagte sie, habe es von Würmern gewimmelt. Eine ganze verdammte Armee der größten Würmer, die sie jemals gesehen habe. Sie erinnerten sie, sagte sie, an Würmer in Kinderkacke. Außerdem seien sie ungewöhnlich wuselig. Jedenfalls ganz merkwürdige Würmer.

– Irgend etwas stimmt da nicht, sagte Oberbestatter Fetzen, das ist nicht astrein.

In den Nachmittagsstunden desselben Tages ging Frau Dorica ins große Gewächshaus und mußte feststellen, daß der größte und schönste Ficus am Verwelken war. Sofort machte sie eine telefonische Meldung.

– Ich habe ihn besonders gewissenhaft gepflegt, sagte sie unter Tränen. Daß ausgerechnet mir das passieren muß.

Oberbestatter Fetzen riet ihr, die angewelkten Blätter zu entfernen und ihn stündlich mit einer Lösung aus Substral und Stickstoff zu gießen.

– Ich werde den ganzen Nachmittag hierbleiben, sagte sie.

Es war ein sehr wichtiger Ficus. Er diente als Dekoration bei den Defilees am Sarg verdienter Persönlichkeiten, die meistens im Großen Saal der Aufbahrungshalle stattfanden. Zu solchen Anlässen wurde der Ficus aus dem Gewächshaus geholt. Frau Dorica war sehr unglücklich über seine Erkrankung.

Als Al am nächsten Morgen zur Arbeit kam, bemerkte er, daß beide Außenspiegel seines schwarzen Mercedes-Kombi zerschlagen waren. Das konnte kein Zufall gewesen sein, und er benachrichtigte unverzüglich die Verwaltung. Eine äußerst bedenkliche Sache.

Am Freitag, unmittelbar vor dem Wochenende, wurde ein fataler Irrtum entdeckt. Anstelle eines siebenjährigen Mädchens, das an Leukämie gestorben war, war ein achtzigjähriger Mann begraben worden.

– Das alles stinkt, sagte Oberbestatter Fetzen, diese lausigen Kerle aus dem Institut haben uns verhext.

4. Das Ereignis

Anfang der Woche war das Wetter immer noch unnatürlich warm. Der Jahrhundertföhn sorgte bei den Totengräbern für Arbeit. Am Montag nachmittag fuhren Mac und Al dienstlich nach Bjelovar. Mac versuchte gerade, einen zerfledderten Akt zu ordnen, als sie wieder den Doktor sahen, der ihnen den Schwarzen Punkt gegeben hatte.

– Den knüpfe ich mir jetzt vor, sagte Al. Der soll mir bis zum Stadtzentrum laufen.

– Du läßt ihn besser in Ruhe. Das gefällt mir gar nicht.

– Sei still und paß auf! Al war in der Stimmung, allen möglichen Unsinn anzustellen. Er verlangsamte das Auto gut zehn Meter hinter dem Doktor, ähnlich wie beim ersten Mal, und gab, als dieser loslief, ein wenig Gas. Doch der Doktor ließ sich nicht abschütteln. Er lief sehr schnell, so daß Al die Geschwindigkeit erhöhen mußte.

– Sieh dir diesen Sportsfreund an, sagte Al, nicht schlecht.

– So groß habe ich noch keinen gesehen, sagte Mac. Mit Daumen und Zeigefinger maß er die Größe des Doktors. Und wirklich, der zum Laufen Gebrachte schaffte es fast bis zur Heckscheibe. Sein Kopf war riesig.

– Schau, ein zweiter, sagte Mac.

– Wo?

– Hinter ihm!

– Sieht aus, als kämen noch mehr. Da muß ein Nest sein.

– Nicht umdrehen! Fahr zu! schrie Mac.

Die Doktoren rannten schnell. Viel schneller, als zu erwarten gewesen wäre. Jener, der direkt hinter ihnen war, der einstige Besitzer des Schwarzen Punkts, zog sein Sakko aus und schwang es kurz wie ein Lasso über dem Kopf, bevor er es wegwarf.

– Der Herr hat es sich bequem gemacht, sagte Mac. Jetzt wird er noch schneller antraben.

– Sieh mal! Da sind noch zwei.

– Wie viele sind es insgesamt?

– Fünf, sagte Mac.

– Verdammt, die sind völlig verrückt geworden, sagte Al.

Die Sache wurde immer ernster, der Stafette schlossen sich weitere Doktoren an. Mäntel flogen, Krawatten flatterten, Brillen splitterten beim Aufprall auf den Asphalt.

– So etwas habe ich noch nicht gesehen, sagte Mac. Das gefällt mir gar nicht.

– Was für ein Fest, sagte Al.

Einige der sie verfolgenden Doktoren machten mit den Händen seltsame Zeichen. Der Wissenschaftler unmittelbar hinter dem Auto zog sein Hemd aus. Er trug nur noch ein T-Shirt, auf dem etwas geschrieben stand. Einer weiter hinten hatte sich seiner Oberbekleidung ganz entledigt und rannte nackt bis zum Gürtel. Von seinem Körper stieg weißer Dampf auf.

– Jessas! schrie Mac plötzlich, da ist auch der alte Nobelpreisträger.

– Jetzt wird es ernst, sagte Al. Das Lächeln verschwand aus seinem Gesicht. Der alte Nobelpreisträger rannte mit Hilfe seines Stocks, was sehr komisch aussah. Plötzlich schrie jemand aus dem Hintergrund: JETZT!

Alle Doktoren setzten zum Endspurt an. Sie rannten geradezu unglaublich schnell.

– Mein Gott! schrie Mac. Aufs Gas!

– Was ... sagte Al und drehte sich um. Was führen die denn auf?

Gleichzeitig heulte der Motor des mächtigen Mercedes auf. Sie waren genau in der Kurve.

– Paß auf! kreischte Mac. Das war zugleich das letzte, was von ihm zu hören war.

5. Die Bestattung der Bestatter

Wie sieht eine Bestattung von Bestattern aus? In erster Linie professionell. Begräbnis I. Klasse, Kränze aus Rosen und Orchideen, goldene Lettern in Schönschrift auf schwarzen Schleifen, Ficus in der Aufbahrungshalle. Am Unfallort waren drei tote

Körper zurückgeblieben: zwei Bestatter und der Verstorbene, den sie nach Bjelovar überführen wollten. Der Sarg, der sich im hinteren Teil des Wagens befunden hatte, hatte den beiden beim Aufprall die Schädel zerschmettert. Das lag an der unangemessenen Geschwindigkeit und dem Gewicht des Sarges.

Die Kommission, die die Unfallursache untersuchte, schrieb, sie hätten die Leitplanke durchstoßen wie Papier. Das Auto habe sich mit der Schnauze buchstäblich in die Erde gebohrt. In dem von der erwähnten Kommission verfaßten Protokoll fanden sich einige merkwürdige Details: es gab keine Bremsspuren, und sofort nach Eintreffen der Polizei hatte es am Unfallort von atemlosen Mitarbeitern des unweit gelegenen Instituts für Atomphysik gewimmelt. Einer von ihnen, Dr. Jungwirth, der Doyen unserer Quantenphysik, habe auf seine Taschenuhr geblickt und Seltsames gemurmelt. Nach der Beisetzung schlug das Wetter um. Die Bora setzte ein, und mit dem kalten Wind kam der erste Schnee dieses Winters.

– Gott sei Dank war die Erde nicht gefroren, sagte einer von denen, die die Gräber schaufeln mußten.

[Die Frau im Spiegel]

1. Das Ende von etwas

Die Jahre vergingen rasch, lang waren für sie nur die Tage. Besonders wenn im Duft des Windes und in den schräg einfallenden Sonnenstrahlen der Herbst zu spüren war. Mitte September begann sie sich selbst davon zu überzeugen, daß eine Dame, die sich nach nur wenigen Wochen oberflächlicher Bekanntschaft dazu bereit erklärt, ein Wochenende mit einem Mann zu verbringen, keine leichte Person ist, sondern jemand, dem das Wasser bis zum Hals steht. Wenn dieser Mann etwas jünger ist als sie, ziemlich gut aussieht und nicht ganz unbemittelt ist, sie hingegen geschieden, Mutter eines neunjährigen Buben, den sie in der Obhut einer Nachbarin allein in der Wohnung zurückläßt, dann beginnen die Dinge ziemlich kompliziert zu werden. Dennoch, Ende September willigte sie in ein solches Wochenende ein, und Oleg – so hieß der Mann – führte sie in das geräumige Appartement eines Hotels in Opatija, wo sein Großvater als alter Mann die Sommermonate zu verbringen pflegte.

An jenem Freitag abend steckte sie sich bereits den dritten Joint an – sie brauchte das, um sich zu entspannen –, und er trug sie wie ein Gentleman über die Schwelle. Er packte sie einfach und hob sie hoch, diese fünfzig Kilo waren kein Problem für ihn.

Zum ersten Mal befand sie sich in einem so großen Appartement. Das gestand sie ihm auch gleich. Eher zufällig öffnete sie die Tür zur Toilette und war verblüfft:

– Mein Gott, eine Toilette mit Balkon, das habe ich noch nie gesehen!

– Sieh erst einmal dies hier, sagte Oleg und zeigte dabei auf den großen Wandspiegel, der genau gegenüber der Muschel angebracht war, so daß man sich, während man sein Geschäft verrichtete, in dieser gesegneten Position betrachten konnte.

– Das muß ein Scherz sein, sagte sie, etwas Derartiges habe ich wirklich noch nicht gesehen.

Seine Familie war ziemlich angesehen. Sein Großvater war unmittelbar nach dem letzten Krieg Hafendirektor geworden. Erst nach dem Tod dieses Großvaters hatte Oleg angefangen, Frauen hierherzubringen. Alle waren sie fasziniert von der Größe des Appartements gewesen, das war etwas, das ihnen half, sich hinzugeben. Das hatte er ihr am selben Nachmittag auf der Fahrt zum Meer erzählt. Er erweckte den Anschein eines Mannes, der aus einem besonderen Grund seine intimsten Geheimnisse preisgab. Wer weiß, was das zu bedeuten hatte?

– Ich fühle mich wie Julia, sagte sie, als sie auf den kleinen Toilettenbalkon hinaustrat. Irgendwo habe ich gelesen, daß Roger Vadim die junge Brigitte Bardot verführt hat, indem er Stars der Pariser Oper engagierte, die er vor ihrem Fenster Schlager singen ließ.

– Ich kann mir vorstellen, wo du das gelesen hast, sagte er, mir ist nie klar geworden, was Frauen an solchen Zeitschriften finden.

Bevor er sie über die Schwelle getragen hatte, waren sie zum Abendessen im Lido gewesen, einem der bekanntesten Restaurants von Opatija. Von der mit Palmen und Agaven geschmückten Terrasse aus konnten sie das Meer sehen. Er erzählte ihr, daß die Agaven nur einmal blühen und dann sterben sowie daß es in Belgien wochenlang regnet, daß die Ardennen feucht, aber schön sind und daß es keine herrlichere Gegend gibt als Südengland.

– Was arbeitest du eigentlich? fragte sie.

– Ich verkaufe, sagte er. Er wollte nicht weiter darüber sprechen. Alles deutete auf etwas Unheilvolles hin.

Und tatsächlich hatte die ganze Sache mit diesem Wochenende schon schlecht angefangen. Am späten Nachmittag kamen sie kurz vor Opatija in einen Riesenstau. Oleg blieb im Auto, um Zeitung zu lesen, während sie nach vorne ging, um zu sehen, was los war. Der Unfall hatte sich gut hundert Meter von der Stelle entfernt ereignet, an der sie hielten. Im ersten Moment sah sie nur eine Menschenmenge. Erst als sie nah genug herangekommen war, um den Kopf durch die Menge zu schieben und selbst einen Blick auf den Unglücksort zu werfen, sah sie einen vollständig mit einem weißen Leintuch bedeckten Körper und eine Blutlache auf dem Asphalt. Das weiße Tuch hatte sich stellenweise mit Blut vollgesogen, das einen interessanten sternförmigen Fleck bildete, ähnlich einer Amöbe aus dem Biologiebuch. Keiner der Polizisten, die neben der Leiche standen, vertrieb die Wespen, die sich um das bereits zertretene Blut zu sammeln begannen.

– Das ist schon der zweite in einer Woche, sagte der Bub, der neben ihr stand. Sie werden keine Bremsspuren finden.

Währenddessen untersuchten die Polizisten die Fahrbahn rund um die Leiche.

– Wie ist es passiert? fragte sie den Buben, der offensichtlich Bescheid wußte.

– Ein Kombi hat ihn umgefahren. Der Fahrer ist geflüchtet. Scheint, als hätte er es absichtlich gemacht.

– Erzähl keine Märchen! meinte eine ältere Frau, die neben dem Kleinen stand.

– Hast du das etwa nicht gesehen? erwiderte der Kleine. Er

hat versucht, sich in Sicherheit zu bringen. Der andere raste hinter ihm her, um ihn zu überfahren.

– Er sieht zu viele Filme, sagte die Frau.

Kurz danach hoben sie den Körper in den Rettungswagen und machten die Fahrbahn frei.

Dieser Vorfall war so unangenehm gewesen, daß sie ständig daran denken mußte. So hatte ihr Wochenende begonnen. Jetzt warf sie sich, leicht angetrunken und angetörnt, auf eines der Sofas in dem Zimmer, das sie Salon nannten. Aus ihrer Reisetasche kramte sie eine zerknitterte Zeitung heraus und breitete sie auf dem kleinen runden Glastisch aus.

– Stell dir vor, was da steht, sagte sie und starrte auf die Zeitungsüberschriften, jetzt ist die Mafia auch schon in Istrien. *Im Raum Istrien und Rijeka blüht der Handel mit Waffen und Drogen.* Stell dir vor, mit Drogen. Gras gehört doch wohl nicht dazu?

– Sie müssen etwas erfinden, um zu überleben, sagte er, Zeitungslogik. Schon morgen werden sie uns zum Beispiel aufschwatzen, daß man in Buzet die Überreste eines Dinosauriers gefunden hat, oder etwas in der Art.

– Eigentlich würde es mich nicht wundern, wenn es hier die Mafia gäbe, sagte sie. Die Nähe zur italienischen Grenze, Touristen, Spielcasinos und all das.

Er trat auf sie zu und küßte sie leicht aufs Haar. Es war der erste Kuß, jetzt waren weitere zu erwarten.

– Du klingst wie ein Bulle, sagte er, ich habe mich doch wohl nicht mit einer Polizistin eingelassen?

– Keine Angst, sagte sie, mit der Branche habe ich nichts zu tun. Im übrigen weißt du, wo ich arbeite.

– Und wenn schon, solche Typen arbeiten verdeckt. Vielleicht untersuchst du in deinem Verlag eine Unterschlagung oder etwas Ähnliches. Raub, Mord, Spionage. Vielleicht genau das, Spionage.

Sie lachte und versuchte ungeschickt, aufzustehen. Die Beine wollten ihr nicht so recht gehorchen, aber im Kopf war alles okay. Sie fühlte sich ziemlich klar. Sie hielt sich an seiner Schulter fest, und da fiel der zweite Kuß. Auf ihren Hals, hinters Ohr. Der war etwas länger als der erste. Ihr fiel auf, daß sie aus der Position, in der sie sich befand, das Meer und einen Teil des kleinen Jachthafens sehen konnte. Das war ein durchaus annehmbarer Ausblick. Unmerklich löste sie ihren Kopf von seinem und sagte:

– Das ist bei mir eine Berufskrankheit. Daß ich solche Dinge denke. Weißt du, was ich derzeit mache?

– Woher sollte ich?

– Habe ich es dir nicht erzählt? Ich vergesse immer, was ich dir erzählt habe und was nicht. Ich verfasse ein sehr aufregendes Kochbuch. Eigentlich ist es eine Sammlung von Rezepten, die in Krimis vorkommen.

Er zeigte tatsächlich Interesse dafür, und sie mußte ihm erklären, wie sie das machte. Ganz einfach, sagte sie zu ihm, sie lese Hunderte Krimis und schreibe die Rezepte ab. Natürlich werden in diesen Büchern nie präzise Anleitungen für die Zubereitung der Speisen gegeben, es wird nur erwähnt, was gegessen wurde. Sie müsse dann andere Bücher konsultieren, um herauszufinden, wie die jeweilige Speise zubereitet wird. Lediglich Schriftstellerinnen bildeten da eine Ausnahme, sie beschrieben präzise alle Lebensmittel. Zwischen Frauen und Essen bestehe eine feste Verbindung.

Inzwischen hatte sie sich umgedreht und ihn umarmt. Irgendwie fanden sie sich im Schlafzimmer wieder. Sie drängte ihn aufs Bett und begann sich auszuziehen. Dabei lachte sie laut. Jetzt machte auch er alle Anstrengungen, um sich seiner Kleider zu entledigen. In solchen Augenblicken fielen ihr immer die unwichtigsten Dinge ein. Sie erinnerte sich zum Beispiel, wie er ihr erzählt hatte, daß in der Zimmerecke ein

Haufen alter Zeitungen gelegen habe, auf die sein Großvater, der am Schluß schon vollkommen senil gewesen war, sein Wasser abzulassen pflegte.

Oleg wurde langsam erregt. Dies war außer an einem gewissen Härtegrad seines Glieds auch an seinem Gesichtsausdruck zu bemerken, daran, daß seine Lippen sich verkrampften und seine Nase sich kräuselte wie vorm Niesen. Sie setzte sich auf ihn, und die beiden begannen sich im gleichen Rhythmus zu bewegen, wobei sie den Eindruck eines Ballettpaars machten. Er betrachtete sein Glied, wie es langsam in sie eindrang, ihr Haar, das wild umherflog, die Brustwarzenknospen, die aus irgendeinem Grund noch nicht herausgesprungen waren. Aber plötzlich, als es bereits so aussah, als steuerte alles auf den endgültigen Höhepunkt zu, stieß sie ihn unerwartet aus sich heraus, stand auf und ging ins Badezimmer. Er, der ein paar Worte erwartet hatte, oder zumindest eine bedeutungsvolle Geste, blieb mit immer noch erigiertem Glied wie ans Bett geschmiedet liegen. Er hörte, wie die Tür geschlossen wurde. Er hörte, wie das Wasser lief. Ein hysterischer Strahl aus dem Hahn, der sich bald in das sanfte Rauschen der Dusche verwandelte. Etwas später setzte sie sich zu ihm ans Bett, schlang ihren rechten Arm um seine Taille, während sie in der linken die angezündete Zigarette hielt. Behutsam küßte sie ihn auf die Wange. Auf diese Weise hatte ihn seine Schwester geküßt, die mit vierzehn Jahren an Leukämie gestorben war.

– Verzeih, sagte sie, ich benehme mich idiotisch.

Er saß am Bettrand, in seiner Nacktheit, und ließ es zu, daß sie den Kopf an seine Schulter lehnte.

– Komm, sagte er, spuck's aus!

– Es ist zu schnell gegangen, wenn du mich verstehst. Vielleicht hätte ich nicht rauchen sollen.

Sie wußte nicht, was sie mit ihren Händen machen sollte. Irgendwie waren sie in diesem Moment überflüssig. Sie sah auf sein inzwischen erschlafftes Geschlecht, und ihr Blick fiel auf den dünnen Strahl einer Flüssigkeit, die in Gestalt eines feinen Fadens zu Boden rann. Alles sah in diesem Augenblick normal aus.

– Ich kann mich nicht entspannen, sagte sie, lächerlich, aber ich muß ständig an meinen Sohn denken. Vor kurzem hat er bei einem Volksschulwettbewerb einen Preis für den besten Aufsatz gewonnen. Das war eine traurige Geschichte von einer Mutter, die von Sohn und Schwiegermutter mitten im Winter aus dem Haus geworfen wird. Die Mutter trifft, verzweifelt und vom ziellosen Umherirren fast erfroren, auf Einheimische, und die bringen sie in den Striborwald. Das ist ja alles aus dem Märchen bekannt, lediglich der Schluß ist anders. Die Mutter erhält die Möglichkeit, wieder jung zu werden, Schwiegertochter und Sohn zu vergessen und ein neues Leben zu beginnen, was sie im Märchen ablehnt. Die Liebe zu ihrem Sohn ist zu groß, als daß sie sie vergessen könnte. Die Frau aus dem Aufsatz hingegen entscheidet sich dafür, den Sohn zu vergessen. Als ich ihn fragte, warum er gerade so einen Schluß geschrieben habe, sagte er: »Auch sie hat das Recht, glücklich zu sein, nicht wahr?« Und das bringt mich immer zum Weinen.

Er hatte allerdings keine Tränen in ihren Augen bemerkt. Vielleicht waren sie etwas trüb geworden, aber das konnte genausogut vom Rauch sein. Es gibt Frauen, die Rauch geschickt auszunützen verstehen.

– Verzeih, sagte sie wieder, ich würde mir wünschen, daß wir Freunde werden.

Es schien, als würde etwas zu Ende gehen, was noch nicht einmal begonnen hatte.

2. Frühstück im Hotel

Am nächstenTag sah alles besser aus. Die Sonne, die in ihr Schlafzimmer hineinschien, hatte Augen, Nase und Ohren, wie auf den Kinderzeichnungen. Ein heiterer Samstagmorgen Ende September brach an. Sie schob die Vorhänge zur Seite, öffnete die Fenster und räumte ein paar Kleinigkeiten weg, die auf dem Tisch im Speisezimmer standen. Er bestellte telefonisch das Frühstück. Zuvor hatte er sich unter der Dusche den schlechten Geschmack der vergangenen Nacht und den Schweiß vom morgendlichen Joggen weggespült. In der Nacht hatte er sich ganz und gar anständig verhalten, er hatte sie nicht einmal berührt, obwohl sie das Bett teilten. Sie war ihm dankbar dafür. Bevor sie sich zur Nachtruhe begeben hatten, hatte sie ihm gesagt, daß sie sich vielleicht vor Männern fürchtete, weil sie ihnen nicht glaube. Sie hatte ihm auch gesagt, daß ihr früherer Mann sie sehr verletzt habe. Es gab eine Zeit, sagte sie, da mußte sie sich sogar physischen Schmerz zufügen, um zu spüren, daß sie noch lebte. Das war eine ziemlich unangenehme Erfahrung.

Der Kellner, der das Frühstück auf einem Servierwagen hereinschob, hatte etwas Italienisches an sich. Seine Bewegungen waren katzenhaft. Er sagte:

– Guten Morgen, die gnädige Frau! Das Frühstück ist da.

Sie fragte sich, warum er das gerade so gesagt hatte, »die gnädige Frau«. Er hätte es auch anders sagen können. Jedenfalls wirkte er ziemlich leger.

Kaum hatten sie sich an den gedeckten Tisch gesetzt, stürzte sie sich auf den warmen Toast und die Pastete wie eine befriedigte Frau, die im Laufe der Nacht ziemlich hungrig geworden ist. Der Kellner stellte noch ein paar Kleinigkeiten auf den Tisch.

– Das ist eine hausgemachte Pastete, die gnädige Frau, sagte er, wobei er in Richtung Tür zurückwich und seinen Wagen mit sich zog. Und da begann das Grauen.

Während sie die bräunliche Fleischmasse auf das heiße Brot strich, stieß das Messer gegen etwas Hartes, das einen kleinen Hügel auf der glatten Fläche des bestrichenen Brotes bildete. Als sie das kleine Ding in die Hand nahm und die Pastetenschicht wegwischte, wurde ihr mit unbeschreiblichem Grauen bewußt, daß der Gegenstand glitzerte. Es war ein Ring, der irgendwem gehören mußte. Ein kleiner runder Ehering, der jetzt in ihrer Hand lag und an dem noch immer die verräterischen Flecken der bräunlichen Masse von etwas hafteten, was früher ein lebendes Wesen gewesen war. Immer schon hatten Fleischprodukte derartige Gefühle in ihr erzeugt. Einen Augenblick lang starrte sie vor sich hin, dann kotzte sie auf den Teppich im Salon. Sie schaffte es nicht bis zur Toilette, sondern erbrach sich vollständig mitten im Zimmer. Oleg saß noch immer am Tisch und starrte ungläubig auf die ganze Szene. Es war für ihn nicht das erste Mal, daß er eine Frau erbrechen sah, aber so etwas hatte er noch nie gesehen.

Sie hatte inzwischen das Wasser im Bad aufgedreht, und man konnte hören, wie sie ihren Mund ausspülte. Danach riefen sie den Empfangschef, der in Begleitung einer Putzfrau erschien. Jetzt standen alle vier mitten im Zimmer und blickten auf das Erbrochene wie auf etwas Außerirdisches.

– Ich bitte tausendmal um Entschuldigung, gnädige Frau, sagte der Empfangschef, ein höflicher, grauhaariger Herr, so etwas wird nie wieder vorkommen. Ich werde eine Untersuchung anordnen.

Mit den Augen gab er dem Zimmermädchen zu verstehen, sie solle mit diesem See aus halbverdauter Nahrung endlich etwas tun – eine Aufgabe, der sie mit würdevollem Ernst nachkam. Sie wirkte wie jemand, der an solche Dinge gewöhnt ist.

– Mir ist nicht klar, wie das in Ihre Pastete gelangen konnte, sagte der Empfangschef und starrte auf den Ring, der jetzt gereinigt auf einem Tellerchen lag.

– Sicher ist er jemand beim Anrühren dieser Teufelspastete heruntergefallen, sagte Oleg. Oder während der Zubereitung des Fleisches. Was weiß ich, wie man solche Pasteten macht.

Der Empfangschef schwieg. Es schien, als bereitete ihm etwas ziemliche Qualen.

– Sie wissen tatsächlich nicht, wie die Pastete hier hergestellt wird. Nichts wird von Hand gemacht. Man hat große Kessel, in die das Fleisch hineingeworfen wird. Das ist automatisiert.

– Es muß eine Möglichkeit geben, daß jemandem der Ring herunterfällt, sagte Oleg. Dabei schien er seinen wirklichen Gedanken auszuweichen. Sie war in der Zwischenzeit zu sich gekommen. Starker Kaffee und ein himmlischer istrischer Kräuterschnaps hatten das Ihre dazu beigetragen. Sie setzte sich an den Tisch und stützte den Kopf auf die Hände.

– Verzeih, vielleicht ist das eine dumme Frage, sagte er, als sie wieder allein waren, aber warum hast du erbrochen?

Sie sah ihn überrascht an. Ihr Blick war der einer Frau, die in viele Dinge eingeweiht ist.

– Was glaubst du, was die Mafia mit Leuten macht, die ihr im Weg sind, sagte sie völlig ruhig, so als würde es sich nicht um einen Scherz, sondern um eine Gewißheit handeln.

– Du bist krank, sagte er, wir sind doch nicht in Palermo. Hier steckt man die Leute nicht in Pasteten.

– Ich weiß genau, wo wir sind, sagte sie, deshalb fürchte ich mich ja.

3. Herbst an der Riviera

Als sie sagte, sie werde ausgehen, weil sie den geschlossenen Raum nicht mehr ertragen könne, insbesondere den geschlossenen Raum, in dem ES sich ereignet hatte, schien er nicht überrascht zu sein.

– Ich werde ein paar Telefongespräche erledigen, sagte er, geh du nur ein bißchen spazieren. Er kam offenbar gar nicht auf die Idee, sie könnte sich eventuell fürchten. Durch eine Stadt zu irren, in der regelmäßig die Menschen auf der Straße überfahren wurden, konnte ziemlich ungesund sein. Besonders wenn man ungewollt Zeuge von etwas Gefährlichem geworden war.

Und dann noch das Gespräch in der Hotelhalle. Sie fragte sich, warum sie immer dann, wenn etwas Seltsames passierte, zur Stelle sein mußte. Sie erinnert sich, daß vor einigen Jahren auf den Mauern der Stadt ein Graffito aufgetaucht war: SIE GEBEN ALEX KEIN KLAVIER. Viele in der Stadt fragten sich damals, was das bedeuten solle. Es gab allerlei Mutmaßungen, manche Leute hielten den Satz auch für eine politische Provokation. Und ausgerechnet sie mußte zur Stelle sein, um auf dem Markt im Vorbeigehen ganz zufällig Alex' verzweifelte Mutter zu hören, die versuchte, einer anderen Frau zu erklären, daß die Karriere eines Musikers unstet und riskant und es dumm sei, sich mit etwas derartig Unbestimmtem abzugeben, wo es doch Baugewerbe, Chemie oder Ökonomie gebe. Das war alles gewesen.

Jetzt hörte sie, ebenso im Vorbeigehen, ein Gespräch in der Hotelhalle. Natürlich verhielt sie ihren Schritt und starrte auf die Informationstafel, wo verschiedene Agenturen Schiffsausflüge anboten. Der junge Kellner mit dem italienischen Aussehen unterhielt sich mit einem mittelalterlichen Herrn, dessen Hände tief in den Taschen seines abgewetzten hellgrünen Sakkos vergraben waren. Sie erfuhr, daß einer der Hotelgäste, ein dicker

Mann, der auf ihrem Stock wohnte, vergangene Nacht unter sonderbaren Umständen verschwunden war. Der Kellner hätte ihm, sagte er, das Frühstück immer aufs Zimmer gebracht. Heute morgen hätte sich der Gast nicht gemeldet. Dann wäre die Rezeption von seiner Frau, die in einer anderen Stadt lebte, angerufen worden; sie sei verzweifelt gewesen, weil er im Laufe des gestrigen Tages daheim hätte anrufen sollen. Das Zimmermädchen, das heute morgen ins Zimmer kam, um aufzuräumen, fand das Bett unberührt vor. Daraus folgte, daß der Dickwanst die Nacht nicht im Hotel verbracht hatte. Der Mann mit den Händen in den Rocktaschen sagte, dies habe noch immer nichts zu bedeuten. Opatija sei voll von Orten, an denen sich derart gestopfte Typen sehr gut vergnügen könnten.

– Ich weiß, sagte der Kellner, aber er hätte sich doch bestimmt bei seiner Frau gemeldet. Er hätte nicht zugelassen, daß seine Alte erfährt, daß er die Nacht außer Haus verbracht hat. Irgend etwas ist hier nicht in Ordnung.

Wieder wurde ihr übel. Der Gedanke an den dicken Mann ließ sie nicht los. Irgendwo hatte sie gelesen, daß ein Typ seine Frau ermordet und sie zu Wurst verarbeitet hatte. An den Schluß der Geschichte erinnerte sie sich nicht mehr, aber sie wußte noch genau, wie sie sich diese Wurst vorgestellt hatte: klein, unnatürlich rosa, sanft gekrümmt, wie es Würste für gewöhnlich sind, liegt sie verräterisch auf dem Weiß eines Tellers. Was treibt die Leute dazu, derart ekelhafte Dinge zu schreiben, dachte sie. Und dann hatte unlängst in der Zeitung gestanden: Ein Japaner, der seine Frau geschlachtet hatte, hatte ihre Teile in die Tiefkühltruhe gepackt und sie langsam aufgegessen. Oder Andrej Chikatilo, der ehemalige Professor, der mehr als fünfzig Teenager geschlachtet und verspeist hat. In der Welt wimmelt es nur so von Beweisen, daß alles, aber auch alles möglich ist.

Auf der Slatina-Promenade erinnerte sie sich an ihren Sohn

und an die Tatsache, daß ihm die Nachbarin jetzt das Gulasch aufwärmte, das sie im Kühlschrank gelassen hat, und ihm später, wie vereinbart, Palatschinken backen wird. Sie weiß nicht warum, aber immer wenn sie an ihren Sohn denkt, verspürt sie eine tiefe Traurigkeit. So wie eine Frau, die sich bald an einem Scheideweg in ihrem Leben wiederfinden wird und sich dessen noch nicht bewußt ist, alles als eine durchdringende und schmerzliche Vorahnung empfindet.

Als sie in den schmalen Spazierweg einbog, der von Opatija am Meer entlang nach Lovran führt, bemerkte sie die kleinen trockenen Nadeln, die es überall reichlich gab. Der Fußweg und die kleinen Kanäle, alles war übersät mit kleinen trockenen Nadeln und Feigenlaub. Das hätte ein schöner Anblick sein können, schön auf eine melancholische Weise, wäre nicht das im Hotel passiert. In der Ferne, über Cres, flimmerten weiße Wolken. Vielleicht braute sich ein Gewitter zusammen.

Als sie ins Hotel zurückkehrte und in den Salon stürzte, fand sie dort den Empfangschef vor, der gerade den Teppich gründlich untersuchte. Sie blieb auf der Stelle stehen, wie vom Donner gerührt. Der Mann schnüffelte auf allen Vieren wie ein Hund in ihrem Appartement umher. Die Lautkulisse dieser sonderbaren Szene bildete das Rauschen der Dusche, das aus dem Badezimmer drang. Es vergingen mehr als zehn Sekunden, bevor der Empfangschef begriff, daß die Frau ihn ansah. Lässig zog er sich an der Lehne des Sofas, das sich in seiner Nähe befand, hoch, klopfte sich mit der Hand den Staub von den Knien und sagte ruhig: Entschuldigen Sie die Störung, gnädige Frau, ich habe geklopft, aber Ihr Gatte hat nichts gehört. Heute morgen habe ich irgendwo eine Krawattennadel verloren, und ich sehe nach, ob sie vielleicht hier ist.

Sie verspürte einen starken Impuls, diesem Mann etwas Unanständiges zu sagen. Er ließ sich allerdings durch die Wut, die er in ihrem Gesicht lesen konnte, nicht aus der Fassung bringen.

– Es ist ganz rausgegangen, sagte er und blickte auf den Teppich, man sieht gar nichts mehr.

Sie stand da, ohne zu wissen, wovon er sprach. Erst später brachte sie seine Worte mit dem Fleck des Erbrochenen auf dem Perserteppich in Verbindung.

– Im übrigen ist meine Nadel nicht hier, sagte der Empfangschef, entschuldigen Sie noch einmal und auf Wiedersehen.

Er glitt rückwärts aus dem Zimmer, noch immer mit dem Gesicht zu ihr gewandt. Wie gelingt es ihnen nur, so höflich zu sein, fragte sie sich. Oleg kam aus dem Badezimmer, das Handtuch um die Taille geschlungen. Er war gut aufgelegt.

– Der Empfangschef war hier, sagte sie.

– Was wollte er? fragte er, während er umständlich versuchte, seine Unterhose hochzuziehen, so wie das die Leute tun, wenn sie sich am Strand umziehen.

– Er hat dies hier gesucht, sagte sie und öffnete die Hand, in der der kleine glitzernde Trauring lag.

4. Die Eidechse aus dem Feuer

Die Wolken, die sie während des Spaziergangs über Cres gesehen hatte, brachten am Nachmittag Regen. Mit dem Blau des Meeres war etwas vor sich gegangen. Etwas Unschönes. Solche Dinge werden in Tourismusprospekten nicht erwähnt. Sie ergriff die Fernbedienung, und im komplizierten Mechanismus des Fernsehapparats ging etwas vor sich. Auf dem Bildschirm erschien das Bild einer Frau. Aus dem Blickwinkel des Zusehers lag diese Frau seltsam verdreht da. Es war eine dieser platinblonden Schönen mit ausgezeichneten Proportionen, die gewöhnlich für den *Playboy* oder ähnliche Magazine posieren. Das Foto war tadellos, das Lächeln natürlich, die Perlen um den Hals kostbar. Plötzlich lief über das Gesicht der Frau ein kleiner Blutstropfen. Erst einer, dann ein zweiter und dritter. Bald waren Gesicht und Schultern der Frau von einem sonderbar bräunlichen Blut überströmt, das mit noch etwas anderem vermischt war. Sie konnte nicht enträtseln, was dieses andere war, bis auf dem Bauch der Frau ein Fischkopf erschien. Dann folgten Gedärme und noch mehr Blut, die Fischblase und die hervorquellenden Eingeweide, vermengt mit Fäkalienresten aus dem Darm. Ein wahrhaft ungewöhnlicher Anblick. Da wurde das Bild der Frau im Vordergrund zerknüllt, und man konnte zwei derbe Hände sehen, die die Fischreste in eine Doppelseite einwickelten, die offensichtlich aus einer Männerrevue herausgerissen worden war.

– Zum Teufel, Max. Warum vernichtest du so gute Bilder? sagte jemand im Fernsehen.

– Max putzt die Fische immer auf solchen Bildern, sagte jemand anderer, das macht ihm Spaß.

Jetzt zeigte die Kamera das Gesicht von Max: einen dicken, völlig haarlosen Glatzkopf, der nicht einmal Augenbrauen im Gesicht hatte. Max war in Weiß gekleidet und hielt ein blutiges Messer in der Hand. Der Mann neben ihm trug eine Kochmütze. Max brauchte offenbar eine solche Mütze nicht, weil es auf seinem Kopf kein Härchen gab, das das Ansehen des Restaurants, Hotels oder was immer es war hätte gefährden können. Dann erschienen auf dem Bildschirm zittrige horizontale Linien, und sofort danach ein großer grüner Rasen mit zerhackten weißen Linien. Zwei Spieler kämpften gerade um einen Ball. Die ganze Szene spielte vor einem Tor.

– Zum Teufel! sagte sie, was machen sie mit diesen Programmen. Komm, bring das in Ordnung, der Film wurde unterbrochen.

Oleg kam und fing an, die Programme zu wechseln. Auf dem betreffenden Kanal ging das Spiel jedoch weiter. Als wäre der

Film irgendwohin verschwunden. Er hantierte solange am Fernseher herum, bis er auf dem Videogerät, das darunter stand, ein verräterisches rotes Licht erblickte, was bedeutete, daß sich die ganze Szene, die sie gesehen hatten, auf einer Kassette befand. Das Spiel war offensichtlich über diesem Filmausschnitt aufgezeichnet worden. Das sagte er ihr auch.

– Oder die Szene wurde über dem Spiel aufgezeichnet und denen hier untergeschoben, sagte sie auf das Sofa gekauert.

– Warum hätte das jemand tun sollen?

– Vielleicht zufällig, vielleicht aber auch nicht, sagte sie. Dabei war offensichtlich, daß sie der Meinung war, dies sei kein Zufall gewesen.

– Was glaubst du, sagte Oleg, warum hat dieser Clown den Ring gesucht?

– Ich weiß nicht, sagte sie, das läßt Übles vermuten. Der Ring ist offenbar der Beweis für etwas. Nehmen wir einmal an, daß der Bursche in der Pastete endete, dann haben sie ihm wahrscheinlich die Kleidung ausgezogen. Den Ring haben sie dabei allem Anschein nach vergessen, und Metall hat die ungünstige Eigenschaft, auch bei hohen Temperaturen nicht zu schmelzen, wie es bei organischen Stoffen der Fall ist.

Die ganze Zeit über, während sie sprach, sah sie die Ungläubigkeit auf seinem Gesicht.

– Ich weiß, was du denkst, redete sie weiter, aber du mußt zugeben, daß die Sache verwickelt aussieht.

– Ich werde nie glauben, daß das alles mit der Mafia in Verbindung steht. Das klingt für mich, entschuldige schon, unglaubhaft.

– Und die Kassette?

– Welche Kassette?

– Die Kassette hier, im Videorecorder. Mit dieser Schweinerei von einem Film, den ich mir gerade ansehen wollte. Wie kommt es, daß, als ich den Fernseher eingeschaltet habe, automatisch das Videogerät aktiviert wurde?

– Deshalb, weil es so programmiert wurde. Du glaubst doch wohl nicht, daß uns das jemand untergeschoben hat?

– Und ob ich das glaube. Das kann auch der Empfangschef getan haben. Obwohl mir scheint, daß er es nicht war. Ihn haben sie wahrscheinlich nur geschickt, den Ring zu suchen.

Sie grübelte etwas nach, als müßte sie ein Rätsel lösen, und sagte:

– Du bist aus dem Zimmer gegangen?

– Wie bitte?

– Bist du aus dem Zimmer gegangen, während ich spazieren war?

– Ich war Zigaretten holen, unten an der Bar.

– Na, siehst du, sagte sie, in dieser Zeit hat jemand die Kassette eingelegt.

Doch jetzt ergriff er auf seine Weise die Initiative, was auch dringend notwendig war. Sie saß auf dem Sofa, und er beugte sich hinab, um sie zu küssen. Sie spürte den Duft seines Kölnisch Wassers; es war eines von jenen, die von hübschen Männern in italienischen Zeitschriften beworben wurden. Seine Lippen senkten sich langsam auf ihre. Sie erwiderte seinen Kuß, wobei sie gleichzeitig daran denken mußte, ob ihr Sohn wohl das Gulasch gegessen hatte, das die Nachbarin für ihn aufgewärmt hatte, oder ob er es einfach vergessen hatte. Vielleicht, fiel ihr ein, hat er es sich selbst aufgewärmt. Die Vorstellung, daß er selbst mit dem Gas hantierte, war ihr nicht angenehm.

– Warum fürchtest du dich? fragte er sie. Er versuchte sie erneut zu küssen, aber sie entwand sich ihm.

– Verzeih! Ich muß zur Toilette, sagte sie.

Sie atmete erst auf, als sie allein war, von ihm getrennt durch starke und vertrauenerweckende Mauern. Erst jetzt begriff sie, daß sie sich selbst in der hockenden Stellung sah, die Ellbogen auf die Knie gestützt, den Kopf ruhend in ihren Händen. Das Gesicht, das ihr aus dem Spiegel entgegenblickte, war abgestumpft, die ganze Situation hatte etwas Erniedrigendes an sich. Als sie gestern beim Betreten des Appartements diesen Spiegel bemerkt hatte, war er ihr als geistreicher Scherz erschienen. Jetzt wurde ihr klar, daß dies etwas weit Gefährlicheres war. Sie blickte auf ihre faltigen und schon etwas gealterten Knie, deren Farbe sie an diejenige erinnerte, die zur Darstellung der Wüste auf Landkarten verwendet wird. Sie betrachtete ihre Schenkel in der seltsamen Perspektive, zerflossen auf dem schwarzen Bakelit der Klobrille, ihre großen Pranken, und sie fragte sich, was dieser Mann an ihr fand. Auf einmal war das alles eigenartig, wie mit unsichtbaren Fäden verbunden. Sie begriff intuitiv, daß diese ganze Sache auf dem Spiegel basierte. Daß der Spiegel auf eine düstere Weise der Schlüssel zur Lösung dieses Rätsels war. Nur wie? fragte sie sich.

Als sie in den Salon zurückkehrte, fand sie dort den Mann im abgewetzten hellgrünen Sakko und einen korpulenten dunkelhäutigen Koch vor. Sie sprachen mit Oleg. Sie war sich sicher, daß es der Koch war, denn der Mann war ganz in Weiß gekleidet, er trug eine weiße Schürze, auf der man frische Spuren von Speisen sehen konnte. Sogar seine Schuhe waren weiß.

– Das ist Herr Raul, sagte Oleg, der Hoteldetektiv.

– Sehr erfreut, gnädige Frau, sagte der Hoteldetektiv, während er halb aus dem Sessel aufstehend ihre Hand schüttelte, es tut mir leid, daß das alles so passiert ist. Es hat, müssen Sie wissen, ein kleines Mißverständnis gegeben. Unser Koch hat nämlich seinen Ehering verloren.

Der mit dem Kochgewand bekleidete Koloß setzte ein Lächeln auf. Es war jedoch ein zweideutiges, ein beängstigendes Lächeln. Oder es kam ihr zumindest so vor.

– Sie wissen, wie unangenehm Ehefrauen in solchen Situationen reagieren, sagte der Hoteldetektiv. Sollte der Ring sich zufällig bei Ihnen befinden, so wäre unser Koch Ihnen dankbar. Verstehen Sie, was ich meine, gnädige Frau?

Der Koch lächelte wieder. Wenn sie sich nicht täuschte, war auf seiner Schürze auch frisches Blut.

– Ich habe ihn nicht, sagte sie und wunderte sich dabei über die Festigkeit und Überzeugungskraft ihrer Stimme. Ich weiß nicht, wer ihn genommen hat. Ich war etwas durcheinander.

– Danach haben wir ihn überhaupt nicht mehr gesehen, sagte Oleg. Sollten wir ihn finden, werden wir ihn gern zurückgeben.

– In diesem Fall entschuldigen Sie die Störung, gnädige Frau, sagte der Hoteldetektiv und starrte mißtrauisch in ihre Pupillen. Wer weiß, was er dort zu finden glaubte.

Als der Hoteldetektiv und der Koch ihr Appartement verlassen hatten, legte sie den Kopf in die Hände und stützte ihre Ellbogen auf die Knie.

– Wir sitzen in der Patsche, sagte sie, sie haben sich an uns gehängt.

– Warum hast du ihn nicht zurückgegeben? fragte er. Der Mann hat seinen Ring verloren, und jetzt kriegt er Probleme mit seiner Frau.

– Warum hast du mich unterstützt? fragte sie. Du hättest ihnen sagen können, daß er bei mir ist. Im übrigen hättest du es ihnen sagen können, als ich noch auf der Toilette war.

– Das ist dein Spiel, spiel es so, wie du möchtest, sagte er. Im übrigen ist es ein durchaus guter, schwerer Ring. Er wiegt sicher einige Gramm. Ich dachte, du wolltest ihn als Entschädigung für diese Schweinerei mit der Pastete.

– Du wirst immer ein Kaufmann bleiben, sagte sie. Übrigens werden wir wahrscheinlich bald erfahren, daß uns diese beiden Herren etwas vorgelogen haben.

– Du denkst also, daß sie uns angelogen haben, weil sie den Ring haben wollten?

– Genau, sagte sie. Warum hat zum Beispiel dieser stumme Koch überhaupt nicht gesprochen? Vermutlich um sich nicht zu verraten. Sie haben ihn uns vorgeführt, damit wir Vetrauen schöpfen.

– Mir kam vor, er schämte sich einfach, sagte er. Warum gehst du nicht einfach zur Polizei? Die Polizei könnte sicher eine ganze Menge aufklären.

– Ich habe sowieso vor, zur Polizei zu gehen, sagte sie, nur bin ich nicht so verrückt, das in dieser Stadt zu tun.

Sie stand auf, schloß die Tür und faßte in ihre Hosentasche, um den Ring herauszuholen. Sie legte ihn auf den kleinen Glastisch.

– Schau! sagte sie, es gibt da etwas, weshalb ich überzeugt bin, daß er nicht dieser Mumie von einem Koch gehört.

Er nahm den Ring und begann ihn genau zu untersuchen. Und dann fiel ihm etwas Merkwürdiges auf. Da drinnen ist etwas, sagte er, während er die Innenseite des Traurings betrachtete.

– Tatsächlich, sagte sie, nahm den Ring und drehte ihn zwischen Daumen und Zeigefinger hin und her.

– Da ist eine Zeichnung, es sieht aus wie eine kleine Eidechse oder ein Seepferdchen, und rundherum sind irgendwelche kleinen Striche. Blätter oder so etwas.

– Laß mich sehen! sagte er. Lange betrachtete er den Ring, wobei er ihn so hin- und herdrehte, daß er die kleine Punze von verschiedenen Seiten betrachten konnte.

– Das ist ein Salamander, sagte er schließlich. Das rings um die Eidechse sind keine Blätter, sondern kleine Flammen. Diese Punze stellt eine mythische Eidechse dar, die der Überlieferung zufolge im Feuer lebt.

– Was bedeutet das?

– Das ist wahrscheinlich die Schutzmarke des Goldschmieds, der ihn angefertigt hat.

– Das weiß ich, sagte sie, was bedeutet der Salamander?

– Das weiß ich nicht, antwortete er, ich erinnere mich nur, daß ihn die Freimaurer oft als Symbol oder Geheimzeichen verwenden.

5. Der Koch

Die Sonne zeigt sich um vier Uhr nachmittags, völlig unerwartet. Sie entschlossen sich zu einem Spaziergang, aber sie sagte, sie müsse noch etwas erledigen. Sie zog sich an und ging hinunter in die Küche, die sich im Keller des Hotels befand. Irgendwie orientierte sie sich im Labyrinth der Gänge und endete in einem feuchten und heißen Raum, wo Menschen in Weiß arbeiteten. Sie trat an eine der Küchenhilfen heran, die Zwiebel hackte.

– Wo finde ich den Koch? Ich meine den etwas kräftigeren Herrn.

– Gewöhnlich treibt er sich hier herum, sagte die Küchenhilfe. Ihre Augen waren wässerig und trüb.

Sie ging von einem zum anderen und inspizierte die Küche. Man machte sie darauf aufmerksam, daß der Eintritt hier verboten war. Vor allem als ihr Blick an einem gewaltigen Kessel aus rostfreiem Stahl hängen blieb, in den ein ganzes Kalb hineingepaßt hätte. Nachdem die Küchenhilfe einige Worte mit jemandem gewechselt hatte, rief sie sie mit einer Kopfbewegung zu sich; ihre Hände waren mit den Zwiebeln beschäftigt. Vertraulich beugte sie sich zu ihr und raunte ihr ins Ohr:

– Gnädige Frau, ist etwas mit dem Essen?

– Nein, nicht mit dem Essen.

– Das heißt, sie benötigen seine Dienste, sagte die Küchenhilfe.

– In gewisser Weise, antwortete sie, mich interessiert, was er zu bieten hat.

– Warten Sie im Lager auf ihn, sagte die Küchenhilfe, wenn Sie hinausgehen, die erste Tür links. Er kommt in ein paar Minuten.

Erst als sich die Tür des dämmrigen Lagers hinter ihr schloß und sie das gedämpfte »Klick« hörte, kam ihr in den Sinn, daß sie vielleicht besser nicht hier sein sollte. Sie befand sich in einem sehr ungemütlichen unterirdischen Raum, der nach Feuchtigkeit und schimmeligem Papier roch. Auf Holzpaletten gestapelte Kartonschachteln standen herum. Sie fragte sich, was in solchen Schachteln wohl aufbewahrt wurde.

Ihr schoß ebenfalls durch den Kopf, daß man hier bei Bedarf sogar einen Elefanten verstecken konnte. Darüber war sie nicht gerade erfreut. Ihr wurde nämlich immer klarer, daß sie ganz allein war, daß der Lärm in der Küche groß war und daß Oleg eigentlich keine Ahnung hatte, wohin sie gegangen war. Lauter Dinge, über die man ernsthaft nachdenken mußte. Aber es war schon zu spät. Die Tür knarrte wieder, und in dem Spalt, durch den Licht aus dem Gang einfiel, erschien der Koch. Sie konnte eine gedrungene Figur sehen, die langsam auf sie zukam. Sofort erkannte sie in ihr den Mann wieder, der sie im Appartement aufgesucht hatte.

– Sie wollten mich sprechen? begann der Koch. Die Schürze aus weißem Leinen, die er jetzt trug, war voller Blutspritzer. Es war offensichtlich, daß seine Arbeit unmittelbar mit Fleisch zu tun hatte.

– Ja, ich habe nach Ihnen gefragt, sagte sie. Sie durfte nicht zulassen, daß ihre Stimme zitterte.

– Es ist nicht vernünftig, daß Sie hierher gekommen sind, sagte er und schob seine Hand in die Hosentasche. Aufmerksam begleitete sie diese Hand, die jetzt etwas suchte, mit ihrem Blick.

Sie hoffte, daß dieses Etwas nicht gefährlich sein würde. Endlich reichte er ihr eine Visitenkarte:

Giacomo Leopardi
Antiquitäten und Erfindungen
Drage Gervaisa 17 a
Tel: 051/775-87

– Ich mag es nicht, wenn meine Kunden hierherkommen, sagte er, kommen Sie nach fünf Uhr zu mir in mein Haus. Dort können wir alles besprechen. Beim Hinausgehen dachte sie, daß sich die Dinge gar nicht so schlecht entwickelten. Jetzt würde sie einen kleinen Spaziergang machen und dann diesen Giacomo Leopardi aufsuchen. Wer weiß, was sie dort finden wird?

6. Das Nasenbohrgerät

Das Haus von Giacomo Leopardi erinnerte an die Sommerresidenz eines römischen Patriziers.

Wie ist es möglich, daß ein Koch in einem solchen Haus lebt? fragte sie, als sie sich der Eingangstür näherten.

– Wieso nicht, sagte Oleg, hier sind die Leute reich. Außerdem ist Spitzenkoch ein angesehener Beruf.

– Aber sicher hat er diese Villa nicht mit seiner Kochkunst verdient, sagte sie.

Giacomo Leopardi erwartete sie in einem chinesischen Seidenkimono, auf dessen hellblauem Rücken ein grüner Drache rotes Feuer spie. Auf dem Boden aus dunklem Eichenholz zog ein sternförmig geschnittenes, ganz in Gelb gehaltenes Leopardenfell ihren Blick auf sich.

– Machen Sie es sich bequem, sagte Leopardi. Sein unwirsches

Wesen und der aggressive Gesichtsausdruck waren verschwunden. Er war nun ein Gentleman von durchaus akzeptabler Haltung.

– Ich kann ihnen einen ausgezeichneten Vugava von der Insel Vis anbieten, sagte er und ergriff die offensichtlich für diesen Anlaß bereitgestellte Flasche.

– Dagegen ist durchaus nichts einzuwenden, sagte Oleg, der Vugava ist ein vorzüglicher Wein.

Leopardi öffnete die Flasche, und sie setzten sich in die Sessel am Kamin.

– Also, woran sind Sie interessiert? fragte Leopardi. Sie wurde nervös. Sie wußte nicht, was sie sagen sollte, aber Oleg erlöste sie aus dieser unangenehmen Lage.

– Was können Sie uns anbieten? Wir haben gehofft, Sie würden uns etwas vorschlagen.

Er klang ziemlich überzeugend, als er das sagte.

– Schauen Sie sich um! begann Leopardi. Auf den Regalen finden Sie Erfindungen, die Sie wahrscheinlich noch nie gesehen haben. Es handelt sich um eine in diesem Teil Europas einzigartige Sammlung. Und was das Wichtigste ist, die meisten Stücke sind Originale. Was für mich zunächst nur ein Hobby war, hat sich schließlich zu einem einträglichen Geschäft entwickelt.

– Wenn Sie erlauben, sagte Oleg, würden wir uns gern ein wenig umsehen.

Sie betrachteten die Regale und blieben bei interessanten Objekten stehen, deren Zweck nicht ersichtlich war.

– Wenn ich einen Vorschlag machen dürfte, sagte Leopardi, meine Wahl würde unbedingt auf dieses wunderbare NASENBOHRGERÄT fallen.

Der Glasvitrine entnahm er einen Satz winziger Werkzeuge aus Silber, die mit Gravuren geschmückt waren.

– Es soll Cyrano de Bergerac gehört haben, doch hat es

niemals seinem eigentlichen Zweck gedient. Der große Dichter und Fechter hat es, so sagt man, als hervorragendes Beispiel für seinen Exhibitionismus benutzt. Er pflegte es in Gesellschaft zu zeigen und seine Funktion zu beschreiben.

Hier klappte Leopardi den Werkzeugsatz, der einem winzigen Eßbesteck ähnelte, auf und begann die Bedeutung jedes einzelnen Instruments zu erklären: ein Löffelchen zum Reinigen der Nasenwände, ein kleiner Pinsel zum Durchfegen der oberen Kanälchen, ein kleiner Zinken zum Aufbohren verhärteter Absonderungen und so weiter. Das ganze Gerät hatte etwas Paradoxes an sich, weil kein einziges von den kleinen Dingen tatsächlich verwendbar war.

– Dann haben wir hier noch den DAMENSITZ, der in den dreißiger Jahren in München erfunden wurde. Sehen Sie, er besteht aus drei ausfahrbaren Teleskopbeinen und einem Rahmen zum Sitzen. Er läßt sich zusammenklappen und in einem Necessaire mittlerer Größe bei sich tragen. Er kann in öffentlichen Toiletten über die Muschel gestellt werden, um den Kontakt mit dem verschmutzten Becken zu vermeiden.

– Und was ist das hier? fragte sie vor einem ziemlich großen goldenen Ring, der mit Gravuren verziert war, die an arabische Schrift erinnerten.

– Das ist der Großzehenring von König Faruk. Was Sie hier oben sehen, sind Verse aus dem Koran. Die Überlieferung besagt, daß er ihn bis zu seinem tragischen Tod in der Verbannung getragen hat. Ein in jeder Hinsicht herausragendes Objekt.

– Wieviel kostet er?

– Faruks Ring ist ein außergewöhnliches Exemplar, erklärte Leopardi, so etwas wird man schwerlich in einem anderen Antiquariat finden.

– Ich fragte, wieviel er kostet, wiederholte sie, damit wir sehen, ob wir in denselben Kategorien denken.

– Ich kenne mich bei Kategorien nicht aus, sagte Leopardi, aber der Ring kostet achthundert Dollar. Es tut mit leid, sollten wir uns nicht verstanden haben.

– Mein Herr, wir sind hier wegen eines anderen Ringes, sagte sie unvermittelt, uns würde interessieren, warum Sie uns im Hotel die Lüge aufgetischt haben, Sie hätten ihren Ehering verloren?

Oleg faßte sich an den Kopf. Giacomo Leopardis Betroffenheit währte jedoch nur kurze Zeit. Sein Gesicht nahm erneut den harten, hotelmäßigen Ausdruck an.

– Ich hätte mir denken können, daß es darum geht, sagte er kühl. Ich bitte Sie wegen dieser Geschichte um Verzeihung. Dieser verdammte Detektiv hat mich dazu überredet. Er sagte, er müsse an einen bestimmten Ring herankommen, und das sei nicht schwierig, wenn wir eine kleine Komödie spielen. Ich sagte ihm, daß ich nicht der geeignete Mann für solche Sachen bin, aber er hat mich schließlich überredet.

– Hat er Ihnen nicht gesagt, wozu er diesen Ring braucht?

– Nein. Ich habe nur verstanden, daß es darum geht, das Ansehen des Hotels zu wahren. Mir war nicht klar, was das Ansehen des Hotels mit diesem Ring zu tun hat. Er sei mir angeblich heruntergefallen, als ich die Pastete mischte. Selbst der gewöhnlichste Laie weiß, daß das nicht von Hand gemacht wird.

– Verzeihen Sie meine Indiskretion, meldete sie sich wieder zu Wort, sind Sie überhaupt verheiratet?

– Nein, sagte Leopardi, und ich hoffe, daß das nie der Fall sein wird. Aber jetzt hoffe ich, daß Sie erfahren haben, was Sie wissen wollten. Sie müssen mich entschuldigen, ich habe zu tun.

Als sie das Haus verlassen hatten, fragte Oleg:

– Woher hast du um Gottes willen gewußt, daß er gelogen hat?

– Ganz einfach. Hast du seine Finger gesehen? Schau! – Sie holte den Ring hervor und steckte ihn an den Ringfinger.

– Siehst du, sagte sie, es ist völlig ausgeschlossen, daß ein Mann wie Leopardi diesen Ring tragen kann. Er hat äußerst dicke Finger, und dies ist ein kleiner Ring. Das ist doch ganz logisch.

– Der Typ hat einen seltsamen Namen, sagte Oleg.

– Leopardi. Das ist nicht sein richtiger Familienname. Er hat überhaupt nichts mit dem italienischen Dichter zu tun, er wird wegen des Leopardenfells im Salon so genannt. Leopardi ist sein Spitzname.

– Wo hast du das her?

– Von der Frau in der Küche, sagte sie. Das ist noch nicht alles. Jeden Monat gibt er für Huren dreimal mehr aus, als er im Hotel verdient.

7. Das verzauberte Land

Der Wind, der im Laufe des Tages die Wolken vertrieben hatte, machte den Sonnenuntergang grandios. Im September leuchtete das Rot der Abenddämmerung hier an der Riviera am stärksten. Daran erinnerte sie sich noch aus jener fernen Zeit vor ihrer Heirat. Jetzt nahmen sie das Abendessen in dem kleinen Restaurant ein, das sich wie ein Pfahlhaus über dem kleinen Hafen von Lovran erhob. Die Klangkulisse für ihre Worte und besonders für ihr Schweigen bildeten ein Chopinwalzer und für Augenblikke das Klirren von Gläsern und Besteck.

– Ich liebe den Abend, weil er Ruhe bringt, sagte Oleg.

– Hast du den Dicken bemerkt, der auf der Promenade an uns vorbeigegangen ist? sagte sie gedankenverloren und sah versonnen auf die rötliche Meeresfläche hinaus.

– Welchen Dicken?

– Den auf der Promenade. Ich wundere mich, daß du ihn nicht gesehen hast. Er ging eng umschlungen mit einer schönen Frau. Einer Brünetten. Aber er ist geradezu krankhaft dick, wirklich ein komisches Paar. Ihn habe ich am Freitag auf dem Gang im Hotel gesehen. Er ging ins Zimmer neben unserem und kam gleich wieder heraus.

– Warum sprichst du jetzt von ihm?

– Weil er der Mann ist, von dem ich annahm, er wäre vergangene Nacht verschwunden. Offensichtlich ist er nicht verschwunden, sondern unterhält sich ausgezeichnet. Sie sahen verliebt aus, die beiden. Sie wirkte nicht wie eine Hure auf mich. Der Ring gehört offensichtlich nicht ihm, weil er ihn nicht auf seine Wurstfinger gebracht hätte.

– Kannst du denn nicht aufhören, daran zu denken? sagte er. Sie bemerkte, daß sich ihre Silhouetten im Glas des Fensters spiegelten, und hinter ihnen, wie in einer eigenartigen Verschmelzung, sah man das Meer und die Umrisse von Cres. Es war ein schönes Bild.

Seine Hand suchte ihre, zum ersten Mal nach wirklich langer Zeit. Ein ganzer Nachmittag war vergangen, ohne daß sie sich auch nur berührt hätten. Ihr wurde klar, daß sie, während er ihre linke Hand hielt, unter dem Tisch durchaus zwei Finger ihrer Rechten kreuzen konnte. War das nun ein gutes oder ein schlechtes Zeichen?

– Entschuldige! sagte sie, als sie aufstand und ihre Hand sanft aus seiner löste, ich muß mein Make-up in Ordnung bringen.

Sie nahm ihre kleine Handtasche und war schon auf dem Weg zur Theke, wo sich die Toilette befand, doch dann kehrte sie schnell um und drückte ihm mit dem Finger einen Kuß auf die Lippen.

– Nicht verschwinden! sagte sie.

Ins Kellergeschoß hinab stieg sie über eine halbkreisförmige

Marmortreppe, an deren Fuß sich völlig unerwartet eine Telefonzelle befand.

Jessas! Ein Gedanke schoß durch ihren Kopf. War es denn möglich, daß sie ihren Sohn vergessen hatte? Und doch war es so. Vereinbart war, daß sie sich gegen fünf in der Wohnung der Nachbarin melden sollte, wo der Kleine den Nachmittag bei Fernsehen und Monopoly verbrachte. Jetzt war es schon sieben vorbei, und sie hatte sich noch nicht gemeldet. Als wäre sie in ein verzaubertes Land geraten, wo die gewohnten Beziehungen durcheinander und die normalen Dinge verdreht sind. Nur in einem solchen Land, dachte sie, kann eine Mutter ihren Sohn vergessen. Nach dem Telefongespräch besserte sich ihre Laune wieder. Der Junge unterhielt sich blendend mit dem Nachbarskind, und es schien, als hätte auch er sie vergessen. Es war eine Art gegenseitiges Vergessen, stellte sie beruhigt fest. Er hatte das Gulasch gegessen, das Fleisch war etwas hart gewesen, aber ansonsten gut, am Nachmittag war er mit dem Fahrrad durchs Viertel gefahren, und jetzt spielten sie Monopoly.

Nach dem Gespräch stand sie vor dem Spiegel im Vorraum der Damentoilette, um ihr Make-up zu erneuern. Jenes Gefühl, das sie schon im Hotel gespürt hatte, hatte sie nicht verlassen. Dieses Gefühl sagte ihr, daß sich die Lösung des Rätsels im Spiegel verbarg. Aber wie? In welcher Form? Vorerst war dort nur ihr Gesicht zu sehen: dunkelrote Lippen, nachgezogen mit Rouge von Revlon, grüne Augen, betont durch grellen Lidschatten und mit Falten am Schläfenansatz. Diese Falten und gewisse Furchen an den Händen waren die ersten Anzeichen des Alterns. Das wußte sie aus Filmen und Büchern. Davon hatte ihr im übrigen auch ihre Mutter erzählt, die an Krebs gestorben war, jünger als sie jetzt war.

Als sie aus der Toilette kam und an der Theke vorbeiging, fiel ihr ein, daß sie den Mann, der die Getränke einschenkte, etwas fragen könnte:

– Gibt es hier in der Nähe ein Schmuckgeschäft, das Salamander oder so ähnlich heißt? Das ist eine Eidechse, die im Feuer lebt.

– Bei uns ist es nicht üblich, daß Juweliere ihren Läden einen Namen geben, sagte der Mann hinter der Theke, aber es gibt ein Geschäft, wo so ein Tier über dem Eingang befestigt ist. Ich habe mich immer gefragt, was das bedeutet. Eine Messingeidechse und ringsherum kleine Flammen. Ein ziemlich bekanntes Schmuckgeschäft, Sie werden es oben im Ort finden.

– Sind solche Läden bei Ihnen auch am Sonntagmorgen geöffnet?

– Die meisten, sagte der Mann hinter der Theke, wissen Sie, die Saison ist noch nicht vorbei. Niemand läßt sich die Gelegenheit entgehen, etwas zu verdienen, solange die Möglichkeit dazu besteht.

Sie kehrte lächelnd und besser aufgelegt zurück. Endlich hatte sie etwas Wichtiges in Erfahrung gebracht, was ihr schon morgen ermöglichen würde, die Dinge klarer zu sehen. Draußen hatte sich die Dunkelheit ganz herabgesenkt, und im Salon brannten die Kerzen. Es war still und feierlich.

– Ich bin alt geworden beim Warten auf dich, sagte Oleg, als er bemerkte, wie sie strahlte, aber jetzt sehe ich, daß es sich gelohnt hat. Was ist dir denn dort so Schönes widerfahren?

8. Die Frau im Spiegel

Nach kurzem Umherirren fanden sie das Schmuckgeschäft mit dem Salamanderwappen. Es war ein schön eingerichteter kleiner Laden in einer für die kleinen Küstenorte typischen Geschäftsstraße. Gegenüber befand sich ein Café.

– Sprechen wir einmal mit dem Verkäufer, sagte sie, vielleicht erinnert er sich, wem er den Ring verkauft hat.

– Sprich du nur mit ihm, sagte Oleg, ich werde ein wenig durch die Gegend bummeln.

Er schlenderte auf das Café zu.

Sie öffnete die Tür des Ladens, und eine Klingel meldete ihr Eintreten.

– Bitte sehr, sagte ein freundlicher Mann mittleren Alters, der von irgendwoher unter dem Pult aufgetaucht war. Etwas in seiner Stimme flößte ihr Vertrauen ein.

– Erinnern Sie sich vielleicht an den Mann, dem Sie diesen Ring verkauft haben? sagte sie, nachdem sie den Ring aus der Tasche gezogen und auf das gläserne Pult gelegt hatte. Der Mann nahm ihn, betrachtete die Punze auf der Innenseite und sagte:

– Wie denn nicht. Das war gestern.

– Bitte?

– Gestern. Ich habe ihn gestern verkauft. Und zwar dem Mann dort drüben, sagte er und zeigte auf Oleg, dessen Gestalt sich zur Gänze im Schaufenster des Cafés spiegelte. Es war eine jener metallisierten Auslagen, die alles wie ein Spiegel reflektieren.

Sie drehte sich um und betrachtete zuerst seinen Rücken, und dann auch sein Gesicht. Man konnte es ausgezeichnet sehen, es war nicht weit entfernt. Er strich sich mit der Hand über die Wangen, wie um sich zu vergewissern, ob er sich gut rasiert hatte. Er schnitt Grimassen, offensichtlich vergessend, daß ihn die Leute aus dem Café sehen konnten, denen er sicher komisch vorkam.

– Wann haben Sie ihm den verkauft? fragte sie.

– Gestern morgen. Gleich nachdem ich aufgesperrt hatte, gegen sieben. Ich habe es mir gut gemerkt, denn bisher ist noch nie jemand so früh gekommen, um einen Ehering zu kaufen.

Und schon gar nicht im Trainingsanzug und atemlos vom Joggen.

– Soll das heißen, daß er zwei Ringe gekauft hat?

– Natürlich, sagte der Mann, Sie können Eheringe nicht einzeln kaufen.

Das war alles. Danach gingen beide zum Hotel. Die Dinge waren ziemlich kompliziert geworden. Der Frühherbst an der verlassenen Riviera hat eine geheimnisvolle Melancholie, die man in den Farben, den Bewegungen der Menschen, im Einfallswinkel der Sonnenstrahlen spürt.

– Hast du herausgefunden, was du wissen wolltest? fragte er mit einem Lächeln.

– Ja, sagte sie.

In diesem Moment begann sie ihre Verdauung zu quälen. Als sie wieder allein war und sich in der glatten Oberfläche des Toilettenspiegels sah, begann sie, über ihre Fehler nachzudenken. Sie sah große, rauhe, wüstenfarbene Knie, sie sah eine gekrümmte Gestalt wie ein Kind mit heruntergelassenen Hosen auf der Muschel sitzen. Sie dachte darüber nach, was für ein Mensch Oleg war und wie er die Welt sah. Das mit dem Ring war eine ziemlich geistreiche Art und Weise, um die Hand einer Frau mittleren Alters anzuhalten, die ein Kochbuch aus Krimiexzerpten verfaßte. Als sie dann erbrochen hatte, war er wahrscheinlich etwas verwirrt gewesen. Später, als sie auf ihren Phantasien beharrte, hatte ihn das allem Anschein nach wütend gemacht. Er hatte erwartet, sie würde seine geistreiche Absicht erkennen, doch als das nicht geschehen war, ließ er sie suchen. Er wußte ja, was sie entdecken würde. Doch war all das, was sich im Hotel ereignet hatte, tatsächlich die Frucht eines Zufalls? Alle diese Indizien: der verdächtige Detektiv, der Rezeptionschef, der um das Ansehen des Hotels bangte, die zufällig im Videogerät eingelegte Kassette, die zufällig über das Fußballspiel aufgezeichnete Filmszene? Ist es wirklich so, daß der Mann, der jetzt gelassen im Salon sitzt, um ihre Hand anhalten wollte und sie bis zum letzten Augenblick nicht daran geglaubt hat? Was hatte sie daran gehindert? Angst, die wüstenfarbenen Knie, die Art, wie er sein Geschlechtsteil beim Eindringen betrachtete? Wahrlich, die Welt besteht aus Fragen. Aber jetzt mußte eine Entscheidung getroffen werden. Sie war überrumpelt, es blieb wenig Zeit, und der Spiegel war unerbittlich.

[WALT DISNEYS MAUSEFALLE]

1.

Nach dem Tod dieses Giganten des Zeichentrickfilms, des Abgotts vieler Generationen, wurde bei einer öffentlichen Versteigerung in Santa Monica neben einigen anderen Gegenständen aus seiner Villa auch eine rätselhafte kleine Metallapparatur verkauft. Sie wurde auf einem kleinen Samtkissen hereingetragen, wie ein Diadem, und der Auktionsleiter hatte auf die Ankündigungstafel geschrieben:

WALT DISNEYS MAUSEFALLE

Sie sah aus wie eine verkleinerte Version der russischen Zarenkrone. Sie war aus Kupferdraht geflochten und bildete einen Käfig, der an der Oberseite eine Öffnung hatte, die groß genug war, um eine Maus durchschlüpfen zu lassen. Sie ging um 20.000 Dollar an einen Sammler aus Seattle.

Was diese Mausefalle betrifft, so ist die Tatsache verblüffend, daß sie nicht die geringste Ähnlichkeit mit vergleichbaren Geräten aus den Zeichentrickfilmen hatte. Geräte, die aus einer Holzplatte bestehen und einem Mechanismus mit einem Metallbügel, dessen Zweck es ist, der Maus das Genick zu brechen. Das hier war eine viel grausamere Vorrichtung. Die Maus, angelockt durch ein Stückchen Käse, schlüpfte in den winzigen Käfig (die Öffnung war so beschaffen, daß sie nur hineinkonnte, aber nicht wieder hinaus) und blieb dort meistens bis zu ihrem Tod. Es gab keinen Schlag aufs Genick, keinen Schock, keinen Sekundentod. Es blieb nur das langsame Verhungern, der vergebliche Kampf Nagezahn gegen Metallkäfig, das Grauen des langsamen Sterbens. Daran mußte ich denken, im Frühjahr des Jahres 1966, als der Onkel meines Vaters aus Amerika kam, um hier die Sommermonate zu verbringen. Ich konnte mich ganz einfach nicht damit abfinden, daß es Walt Disney nicht mehr gab, daß man seine Mausefalle verkauft hatte, daß alles, was sein Eigentum gewesen war, nun anderen Menschen gehörte.

Nach den umfangreichen Vorbereitungen für den Empfang, die meine Mutter und eine meiner Tanten getroffen hatten, stürmte der Onkel meines Vaters ins Haus und erregte gleich mit seiner Erscheinung die Gemüter. Auf unserer Schwelle erschien er in einem hellen, sandfarbenen Zweireiher mit einem schneeweißen Tüchlein in der oberen Sakkotasche. Er sagte etwas, das so klang wie:

– Majgudboj! und tätschelte mir die Wange. Zur Begrüßung boten sie ihm Schnaps an, und er langte herzhaft zu. Ich wartete den richtigen Moment ab und fragte ihn zwischen dem dritten und vierten Slibowitz:

– Ist es wahr, daß Walt Disney gestorben ist?

– Beachten Sie ihn einfach nicht, Onkelchen, sagte meine Mutter, er ist besessen von diesem Disney.

– Well, sagte der Onkel, der Kleine hat das Recht, es zu wissen. Die Frage ist angebracht.

– Nehmen Sie zunächst einmal vom Kuchen, sagte meine Mutter, die Suppe kommt jeden Moment.

– Laßt die Suppe, sagte der Onkel meines Vaters, der Kleine hat eine gute Frage gestellt.

Dann kam er zu mir, gefolgt von besorgten Blicken, und legte mir die Hand auf den Scheitel. Sogar durch die Haare spürte ich das dicke Gold seines Siegelrings kühl auf meiner Kopfhaut.

– Walt Disney ist vor einem Monat verschieden, sagte er mit ernster Stimme, als würde er mir sein Beileid aussprechen. Er mußte sterben, weil er einen Tumor am Herzen hatte, und das ist heute noch unheilbar.

Ich muß wohl ein untröstliches Gesicht gemacht haben, weil er gleich in fröhlicherem Tonfall fortfuhr:

– Aber er ist nicht wirklich im Ernst gestorben. Er hat sich in einem riesigen Kühlschrank einfrieren lassen, damit sein Körper erhalten bleibt.

– War er lebendig, als sie ihn eingefroren haben? fragte ich.

– Quicklebendig, so wie du und ich, sagte Vaters Onkel. Sie haben ihn auch an irgendwelche Apparate angeschlossen. Sobald sie ein entsprechendes Medikament finden, wird er mit einem Stromstoß aufgeweckt.

– Um Gottes Willen, ist das wahr? fragte meine Mutter.

– Das ist Amerika, sagte der Onkel augenzwinkernd und fuhr todernst fort: Die Wartung der Tiefkühlschränke wurde von der Firma International Ice Trade & Partners übernommen, und die Überwachung und Kontrolle von der Firma Life Insurances, für die ich arbeite. Der Körper befindet sich im Distriktskrankenhaus von Reading/Pennsylvania.

– Bist du ein Polizist, Onkel? fragte ich.

– So ähnlich. Die Polizei beschützt die Menschen umsonst und macht das schlecht, wir beschützen sie für Geld und machen das sehr gut. Das ist der einzige Unterschied.

– Und warum müßt ihr ihn beschützen?

Der Onkel schlang seinen Arm um mich und zog mich beiseite. In dieser Geste lag etwas Geheimnisvolles, was meiner Mutter nicht gefiel. Das sah ich in ihren Augen.

– Mafia! sagte er, verstehst du jetzt? Capisci?

– Ja, sagte ich. Ich war überzeugt, ich hätte alles verstanden, und fragte daher weiter:

– Ist das eine gefährliche Arbeit?

– Und wie, sagte der Onkel. Die Mafia gehört zu den schlimmsten Dingen in der Welt. Das sind alles sehr gefährliche Menschen, so wie Franck Costello, Vito Genovese, den man Don Vitone nennt, Lucky Luciano. Aber der Schlimmste der Schlimmsten ist Alberto Anastasia. Der leitet eine Mordagentur.

– Was ist das, eine Mordagentur?

– Nehmen wir an, sagte der Onkel, nehmen wir nur einmal an, daß du ein Mensch bist, der mir nicht gefällt. Mir gefällt einfach, sagen wir, deine Nase nicht. Mir wird speiübel davon. Dann suche ich einen gewissen Barbierladen in South Brooklyn auf und bestelle eine Glattrasur. Ein liebenswürdiger Alter, dem die Hände so sehr zittern, daß er nicht einmal ein Mammut rasieren könnte, führt mich ins Hinterzimmer und macht mich mit einem eleganten Herrn im gestreiften Doppelreiher und weißem Al-Capone-Hut bekannt. Ich wundere mich, daß der Mann in seinem Büro, denn das ist so eine Art Büro, einen Hut trägt. Er bietet mir freundlich einen Gin an und fragt mich, was mir denn so vorschwebe. Ich erkläre ihm, daß mir deine Nase nicht gefällt, und er fragt mich, ob ich ein Foto von dir und deine Adresse habe. Beides reiche ich ihm in einem Kuvert, zusammen mit 12.000 Dollar cash, das ist die Anzahlung. Den Rest zahle ich nach getaner Arbeit. Wenn wir das alles erledigt haben, fragt er mich zum Schluß:

– Und wie hätten Sie es gern? Unfall, Überfall auf der Straße, Infarkt? Ich gehe nach Hause, und du in die ewigen Jagdgründe. Siehst du, das ist eine Mordagentur.

– Müssen die Tiefgekühlten eigentlich aufs Klo? fragte ich.

– Nein. Ein tiefgekühlter Mensch ist wie in einem hundertjährigen Schlaf. Der Körper erhält keinerlei Funktionen aufrecht. Das ist ein Zustand, aus dem man einen Menschen nach vielen Jahren mit einem Stromstoß wieder ins Leben zurückrufen kann, weil sein Körper intakt geblieben ist. Die Mafia will die Kühlgeräte abschalten und Disney auf diese Weise umbringen. Das erlauben wir ihnen nicht. Sie schicken ihre Leute als Krankenpfleger verkleidet, als Mechaniker für die Wartung der Geräte oder zum Einsammeln der Schmutzwäsche.

– Die Suppe steht auf dem Tisch, rief meine Mutter, wir können anfangen!

Wir warteten, daß der Onkel als erster Platz nahm. Das war bei uns so Sitte. Er setzte sich lässig hin, band sich die Leinenserviette um den Hals, so wie das die komischen Menschen in den Filmen tun, und erlaubte meiner Mutter, ihm den Teller zu füllen.

Bevor er begann, die heiße Suppe zu schlürfen, bekreuzigte sich der Onkel. Dasselbe tat auch ich, und dann auch meine Mutter. Einzig mein Vater begann, ohne dem Herrn für die irdischen Gaben zu danken.

– Und du ...? fragte der Onkel und setzte dann hinzu: Ach ja, das habe ich vergessen.

Eine Zeitlang herrschte Schweigen, das nur vom Schlürfen und vom Schlagen der Löffel ans Porzellan unterbrochen wurde, doch dann ergriff der Onkel wieder das Wort:

– Mein Kleiner, du hast ja keine Ahnung, was sie alles anstellen, nur um diesen großen Menschen zu töten. Letzte Woche, unmittelbar vor meiner Abreise, haben sie eine Sprengladung unter die Kühlmaschine gelegt. Wir haben die Bombe rechtzeitig entdeckt, weil sie mit einem großen Blechwecker verbunden war, der laut tickte. Unsere Spezialisten konnten sie leicht entschärfen. Der Strengstoff hätte gereicht, um das ganze Stockwerk im Krankenhaus von Reading zu zerstören. Wir haben den Schurken ihre Höllenmaschine, in Einzelteile zerlegt, zurückgeschickt.

– Das sind hausgemachte Nudeln, sagte meine Mutter. Auf die war sie ungeheuer stolz.

– Oder die Geschichte, als Alberto Anastasia höchstpersönlich versuchte, als Pinguin verkleidet ins Krankenhaus einzudringen. Ich habe sein Spiel sofort durchschaut, weil ich den Reißverschluß unter seinem Pinguinfrack bemerkte. Ich zog meine Magnum und sagte: »Wenn du kein Loch in deinem Pinguinkopf haben möchtest, durch das ein ganzer Fußball paßt, schleich dich auf der Stelle zurück zu denen, die dich geschickt haben, und sag ihnen, daß Herr Disney von der Life Insurance Company bewacht wird, der besten Detektivagentur zwischen Atlantik und Pazifik. Ich wußte sofort, daß dieser Schurke Anastasia war, denn nur er hat die Figur eines Pinguins.

– Sie könnten morgen wieder zu uns zum Mittagessen kommen, sagte meine Mutter, kommen Sie schon um zwölf.

– O.K., sagte der Onkel, dann sehen wir uns morgen hier bei euch.

Und dann widmete er sich dem Schweinebraten.

2.

Der Mittagstisch war bereits um elf Uhr gedeckt. Meine Tante kam ständig ins Wohnzimmer, wischte sich die nassen Hände an ihrer Schürze mit dem Blümchenmuster ab und schaute nach, was fehlte. Sie trat von der gedeckten Tafel zurück, als würde sie ein Gemälde in einer Galerie betrachten, und genoß den Anblick. Da war das silberne Eßbesteck, das sie von ihrer Mutter bekommen hatte, weiße Servietten mit Monogramm, die an den Enden sichtbar vergilbt waren, sowie eine Ansammlung von Kristallgläsern für Aperitif und Wein.

Die Mittagsstunde sah uns um den Tisch versammelt, die

Hände vor der Brust verschränkt, wie wir in aller Stille warteten. Auf jedes Geräusch eines Autos oder des Lifts könnte das Schrillen der Türglocke erfolgen. Aber ... dieses Geräusch, dieses Läuten, wollte uns einfach nicht zusammenzucken lassen. Es war bereits nach halb eins, als die Tante sagte, daß er morgens wohl etwas länger schlafe, sie hätte nämlich gehört, daß das in Amerika so üblich sei.

Nach halb zwei spielte die Uhr verrückt und begann sich zu benehmen wie diese Uhren in den Filmen, deren Zeiger sichtbar mit großer Geschwindigkeit vorrücken. So um zwei Uhr sagte mein Vater mit ernster Stimme:

– Leute, da ist etwas passiert. Er würde sich nie so verspäten.

– Was sollen wir tun, fragte meine Mutter besorgt. Das Ganze roch nach einem verpatzten Mittagessen.

– Der Kleine und ich gehen ihn suchen, sagte mein Vater, ihr beide haltet die Stellung beim Telefon, wenn er sich zufällig meldet.

Ein paar Minuten später rasten wir bereits Richtung Hotel Palace, wo mein Onkel abgestiegen war.

– Er schläft immer im Hotel, wenn er kommt, erklärte mir mein Vater, die Reichen sind wählerisch. Er sagt, in beengten Räumen kriegt er Asthma.

– Ist er denn reich?

– Ziemlich. Er besitzt einige Geschäfte in Milwaukee, ich glaube, er betreibt auch einen Pelzgroßhandel.

– Ich dachte, er sei ein Polizist.

– Vielleicht war er das ja auch, früher einmal, sagte mein Vater, weiß der Teufel. Dem fällt immer etwas Neues ein.

An der Rezeption des Hotels Palace kannte man allerdings niemand mit einem solchen Vor- und Familiennamen. Mein Vater war baff vor Staunen.

– Aber gestern habe ich ihn hier abgesetzt, sagte er. Seine Stimme klang wie Styropor, das über Glas reibt.

– Ich bedauere sehr, mein Herr, sagte der Mann an der Rezeption, einen Gast dieses Namens haben wir hier nicht.

Wir setzten uns in die Sessel neben der Rezeption, um über das Ganze nachzudenken. Ich stellte alle möglichen idiotischen Fragen. Mein Vater stützte den Kopf auf die Hände und die Hände auf die Knie und starrte auf ein kaum sichtbares Spinnennetz zwischen Pultrand und Wand.

– Laß mich jetzt, sagte er, ich denke.

Ich weiß nicht, wie lange wir so warteten, aber auf einmal leuchtete in den Wölkchen über Vaters Kopf eine Glühbirne auf. Er trat auf den Mann hinter dem Pult zu, der in einem Anfall von Panik die Spinnweben wegzuwischen versuchte, und sagte:

– Erinnern Sie sich vielleicht an einen eleganten, hochgewachsenen Herrn mit Oberlippenbart à la Clark Gable. Er trägt einen Doppelreiher.

– Hätten Sie das doch gleich gesagt, sagte der Mann hinterm Pult, der ist seit vorgestern hier. Er heißt ... warten Sie, lassen Sie mich sehen ... TTTT Twist, Oliver. Ein lustiger Zufall, nicht wahr?

Der Mann von der Rezeption wählte die Nummer des Zimmers, aber dort nahm niemand ab. Vater fragte, ob wir hinaufgehen könnten, um zu sehen, was mit dem Onkel los sei, ob ihm nicht vielleicht schlecht geworden sei, aber der Rezeptionist erklärte, das sei nicht erlaubt. Dann sagte er noch, der Onkel scheine einen Spaziergang zu machen.

– Sehen Sie nach, ob der Schlüssel im Fach ist, sagte mein Vater.

– Er ist nicht da, sagte der Mann von der Rezeption, aber das besagt gar nichts. Die meisten Gäste nehmen ihn mit und geben ihn nie ab.

Als wir hinausgingen, war mein Vater sehr besorgt.

– Warum gibt er einen falschen Namen an? sagte er mehr zu

sich selbst, als daß er die Frage mir stellte. Vielleicht wäre er in diesem Moment noch besorgter gewesen, wenn er das gesehen hätte, was ich aus dem Augenwinkel wahrnahm, als wir mit der gläsernen Drehtür kämpften. Der Mann von der Rezeption folgte uns mit panischem Blick und griff nach dem Telefon. Während er die Nummer wählte, beobachtete er uns verstohlen.

– Gehen wir ins Stadtcafé, sagte mein Vater, als wir aus dem Blickfeld des Mannes von der Rezeption verschwunden waren, dort hat er vor dem Krieg verkehrt.

Das »vor dem Krieg« klang für mich wie »vor unserer Zeitrechnung«. Das hieß, auch vor jenen vorsintflutlichen Schwarzweißfotos von Gehenkten an Laternenmasten, die unser Geschichtsbuch zierten.

– Und warum ist der Onkel nach Amerika gegangen? fragte ich, und war mir dabei der Tatsache bewußt, daß das vor ewig langer Zeit gewesen sein mußte.

– Weil er hier ein paar schlimme Dinge angestellt hatte, erklärte mein Vater, er hat etwas gemacht, weshalb er die Schule abbrechen mußte.

– War das etwas Politisches ?

Mein Vater erbleichte. Etwas Seltsames ging in seinem Gesicht vor.

– Wer hat dir gesagt, daß es etwas Politisches war? sagte er mit erregter Stimme, wobei er das bekannte Geräusch von zerquetschtem Styropor von sich gab, und fügte dann gefaßter hinzu:

– Nein. Es war nichts Politisches.

– Was war es dann?

– Das war in Petrinja, ich meine, diese schlimme Sache. Dort ging er ins Gymnasium. Vor Ende der achten Klasse, vor der Matura, hatte er zwei Nicht Genügend. In Mathematik und Physik. In diesen Fächern hatte er die damalige Leiterin des

Gymnasiums, Frau Fruk. Zwei Tage vor Schulschluß ging er mit einem riesigen Fleischermesser ins Direktorenzimmer. Allen stockte der Atem: Man erwartete Schreie, das Bersten von Möbeln, unter der Tür hervorquellendes Blut. Aber nichts von alledem geschah. Plötzlich stand die Direktorin in der Tür, heil und unversehrt, aber ... nackt. Er hatte ihr befohlen sich auszuziehen und trieb sie mit gezücktem Messer durch die Gänge des Gymnasiums. Die Arme blieb auch nach dieser Sache Direktorin, aber sie konnte kein Lachen mehr hören, ohne an ihre welken Brüste zu denken, die zu breiten Hüften, die schweißigen Fußsohlen, an denen aus Heften gerissene Blätter und Kreidestückchen kleben geblieben waren. Bald danach ging sie in Pension, und der Onkel mußte nach Amerika.

– Eine schöne Geschichte, sagte ich, aber ist sie auch wahr?

– Klar, sagte mein Vater und begann um sich zu blicken, schau dich lieber um, vielleicht entdeckst du ihn.

Und tatsächlich waren wir bereits im Stadtcafé und schoben uns zwischen den Tischen durch.

– Dort ist er ja! rief ich, und auf einmal standen wir vor einem hochgewachsenen Herrn, der auch im Sitzen meinem Vater bis ans Kinn reichte. Da waren das Bärtchen, der graue Doppelreiher, aber das war nicht der Onkel meines Vaters. Mir wurde einmal mehr bewußt, daß ich dazu neige, jemand, den ich suche, aber nur schlecht kenne, als Inkarnation in anderen Gestalten zu sehen; der Gesuchte blickt mich aus der Ferne an, lächelt und winkt mir, und wenn ich näher komme, verwandelt er sich im selben Moment in jemand anderen, einen erstaunten Fremden, der mich durch die verschmierten Gläser seines Kneifers mustert. Das wiederholte sich ein paarmal. Sobald wir erwartungsvoll an einen Tisch traten, verwandelte sich der Onkel, dieser Gauner, in einen alten Professor oder manchmal in einen tatterigen Kaffeehauspianisten oder in einen Losverkäufer. Aber es lag auch ein gewisser Trost darin: die Anzahl der Menschen im Kaffeehaus, die dem Onkel meines Vaters zumindest in irgendeiner Weise ähnlich sahen, reduzierte sich drastisch, und es bestand eine gewisse Chance, auch auf ihn zu stoßen. Das allerdings geschah nicht.

Eine ähnliche Sache war meiner Mutter im Zweiten Weltkrieg passiert. Ihr Vater, ein Jude, wurde verschleppt. Er hieß Benjamin Bernstein. In jenen Tagen klebten an den Litfaßsäulen Listen mit den Namen der Erschossenen. Eines Tages sah meine Mutter auf einer solchen Liste den Namen ihres Vaters. Das war ziemlich unangenehm. Sie kam mit schweren Durchfall heim. Ihr Magen hatte so darauf reagiert. Meine Großmutter und sie gingen wieder zu dieser Litfaßsäule und erkannten, daß es sich um einen anderen Mann mit gleichem Vor- und Nachnamen handelte. Hinter dem Vornamen war auch das Alter des Erschossenen angeführt. Dieser hier war 70 Jahre alt. Ihr Vater konnte keine 70 sein. Dasselbe passierte im Laufe des Krieges noch ein paarmal, und jedesmal war es leichter. Seltsam, denn die Anzahl der Benjamin Bernsteins, die nicht ihr Vater waren, verringerte sich drastisch.

Als wir hinausgingen, schlug mein bereits enttäuschter Vater vor, wir sollten in den Krankenhäusern nachsehen. Es war ja denkbar, daß ihn ein Auto überfahren hatte oder daß ihm schlecht geworden war, und daß der arme Kerl nun in einem Krankenhausbett lag, in einem Land, das ihm im Lauf der Jahre völlig fremd geworden war, und daß er sich an keine einzige Telefonnummer erinnern konnte. Und so begannen wir den kraftraubenden Weg durch die Krankenhäuser.

– Warum können wir das nicht telefonisch erledigen? fragte ich.

– Weil in unseren Krankenhäusern ein derartiges Chaos herrscht, daß die in den Telefonzentralen nicht einmal wissen, wo ihr eigener Hintern ist. Das wissen sie nämlich nur, wenn sie von ihrem verdammten Stuhl Blasen kriegen.

Wir mußten beschreiben, wie er aussah, weil wir nicht wußten, welcher Name wann zu verwenden war, und es galt immer davon auszugehen, daß er keinerlei Dokumente bei sich trug. Zwischendurch riefen wir immer wieder daheim an, in der Hoffnung, der Onkel würde sich von irgendwoher melden. Schließlich, als wir auch im letzten Krankenhaus nachgefragt hatten, öffnete mein Vater die Autotür und setzte sich seitlich hinein, so daß seine Füße den festen Boden des Parkplatzes berührten.

– Das geht mir über den Verstand, sagte er, was kann ihm denn passiert sein?

Es war an der Zeit, meinem Vater ein paar Dinge zu sagen.

– Gehen wir ins Hotel zurück, sagte ich, dort stimmt etwas nicht.

– Du phantasierst ja! sagte er.

– Außerdem ist er vielleicht zurückgekommen. Vielleicht hat er das Mittagessen vergessen.

– Gut, sagte mein Vater, wir fahren zurück, auch wenn ich nicht weiß, wozu das gut sein soll.

Im nächsten Moment steckte er schon den Schlüssel ins Zündschloß. An der Rezeption erwartete uns derselbe fragwürdige Typ wie zuvor. Er unterbrach sein Gespräch mit dem Polizisten, der sich an das Empfangspult lehnte wie an eine Theke und aus einem kleinen Glas an etwas Durchsichtigem nippte, das wie Wasser aussah.

– Sie suchen Herrn Twist? sagte er, als stelle er diese Frage sich selbst. Dritter Stock, Zimmer 313!

Wir stiegen in den Lift, begleitet vom neugierigen Blick des Polizisten, der, seinem Gesicht nach zu urteilen, sowohl mit einem chinesischen Panda als auch mit einem afrikanischen Gorilla nahe verwandt war.

Vor dem Zimmer, in dem der Onkel abgestiegen war, stießen wir auf einige Polizisten und zwei Detektive. Die Tür zum Zimmer meines Onkels war mit zwei roten, durch einen dünnen Faden verbundenen Wachssiegeln verschlossen. Einer der Polizisten drückte gerade einen Stempel ins Wachs, als wolle er die Unterschrift auf einem Dokument beglaubigen.

– Was ist passiert? stammelte mein Vater tonlos.

3.

Als wir in unser Wohnzimmer kamen, das in ein Speisezimmer verwandelt worden war, roch die Luft nach Gewitter. Meine Mutter und ihre Schwester saßen am gedeckten Tisch, und vor ihnen glänzte schwarz das Telefon, das sie aus dem Vorzimmer hereingezogen hatten.

– Was ist passiert? fragte meine Mutter, während sie aufstand und den Ring von der Serviette zog.

– Sie haben ihn verhaftet, sagte mein Vater düster, während er sich aus seinem zu engen Montgomery aus grünlich glänzendem Stoff befreite.

– O mein Gott! sagte meine Mutter und wischte sich die schwitzenden Hände an der Schürze ab. Und was machen wir jetzt?

– Weiß ich nicht, antwortete mein Vater. Ich werde Milan anrufen. Sonst kenne ich dort niemand.

– Du weißt doch, daß ich es nicht mag, wenn er hierher kommt. Dieser Mensch ist mir unsympathisch.

– Vera, sagte mein Vater, du weißt, daß wir keine Wahl haben. Milan hat großen Einfluß bei der Polizei. Er wird uns wenigstens sagen, warum sie das getan haben.

– Das kann nur ein Irrtum sein, sagte die Schwester meiner Mutter. Sie stand immer auf dem Standpunkt, daß alles gut ausgehen würde. Sie starb in relativ jungen Jahren an Krebs. Geheiratet hat sie nie.

– Das ist kein Irrtum, erwiderte mein Vater. Dort haben eine ganze Kompanie Uniformierter und zwei Detektive gewartet. Ich wette, daß in den Gängen noch mehr herumstanden.

– Ganz so, als würden sie Al Capone verhaften, sagte ich. Ich war fest überzeugt, etwas Gescheites gesagt zu haben.

– Gut, sagte meine Mutter, dann ruf Milan an. Aber laß dich bloß nicht auf irgendwelche Diskussionen mit ihm ein.

– Ich bin doch kein Kind, Vera, sagte mein Vater gereizt. Es war offensichtlich, daß meine Mutter dachte, er sei ein Kind.

Mein Vater ergriff das Telefon, trug es ins Vorzimmer und schloß die Tür. Durch die Milchglasscheibe konnte man sehen, wie er etwas in den Hosentaschen suchte und dann eine Nummer wählte.

– Ich habe solche Angst, sagte meine Mutter, die sind im Stande, wer weiß was zu machen.

Meine Tante schenkte ein Gläschen Cognac ein und reichte es meiner Mutter.

– Das hier wird dir gut tun, sagte sie, trink!

– Auf die Zimmertür im Hotel haben sie rotes Wachs gegeben und einen Bindfaden. Wozu dient das? fragte ich.

– Zoran, sagte die Tante, wenn jemand von der Polizei abgeführt wird oder ihm etwas zustößt, dann ist es üblich, daß seine Wohnung versiegelt wird. Das macht man, damit niemand die Sachen anfaßt, die ihm gehören.

– Ich dachte, das ist wegen der Beweise, sagte ich.

Mein Vater kam wieder ins Zimmer. Er war nachdenklich. Seine rechte Hand versuchte vergeblich, das kleine, in blaues Leder gebundene Adreßbuch wieder einzustecken.

– Milan kommt her, sagte er, er ist bereits über alles informiert.

Er setzte sich an den Tisch. Nun herrschte Schweigen. Man konnte hören, wie irgendwo dort draußen Autos vorbeirasten oder wie jemand unter uns die Klospülung betätigte. Eine solche Stille herrschte sonst nur, nachdem sich Vater und Mutter gestritten hatten.

Wir warteten lange, bevor ich mich traute, meine Mutter zu fragen, ob ich den Fernseher einschalten dürfe. Jetzt kamen die Zeichentrickfilme. Meine Mutter sagte, ich dürfe, aber nicht zu laut.

Auf dem Bildschirm jagte ein böser Kater einer Maus nach, wobei er ihr mit einem Fleischklopfer auf den Kopf schlug. Immer, wenn er sie erwischte, wackelte alles, und die Maus wurde platt, aber dann stand sie schnell wieder auf und lief weiter. Dann schlüpfte die Maus in ihr Loch, und der Kater knallte mit voller Geschwindigkeit hinein, die Schnauze voran, und blieb mit dem Kopf stecken. Jetzt band die Maus die Schnurrhaare des Katers an einer Art Stange fest, so daß sie aussahen wie die Saiten einer Gitarre. Der Kater war sehr wütend. Das sah man in seinen Augen. Jetzt spielte die Maus auf dem neuen Instrument. Es waren fröhliche Melodien. Und dann war von der Wohnungstür her die Klingel zu hören.

– Schalte den Fernseher ab! schrie meine Mutter. Währenddessen öffnete meine Tante die Tür. Ins Zimmer trat ein Mann, den ich nicht kannte. Er war klein und gedrungen und sah aus, als würde ihm der Hals fehlen. Während er meinen Eltern die Hand gab, dachte ich darüber nach, was mit seinem Hals passiert sein mochte.

– Wie steht es mit ihm? fragte mein Vater. Seine Stimme klang seltsam.

– Schlecht, sagte jener Mensch, sehr schlecht sogar.

– Jessas! sagte meine Mutter und hielt sich die Hand vor den Mund. Es war mir nicht entgangen, daß sie das auch tat, wenn sie gähnte. Nur, dieses Mal war es anders: der Zeigefinger war ein wenig von den anderen Fingern weggestreckt und man konnte deutlich die Mundhöhle sehen. Ein dunkles, feuchtes Loch.

– Milan, gehen wir ins Zimmer, sagte mein Vater. Mit ihnen ging auch meine Mutter. Die Tante blieb bei mir und tröstete mich:

– Du wirst schon sehen, alles wird gut, sagte sie.

Das war ein sicheres Zeichen dafür, daß die Dinge sehr schlecht standen.

Lange saßen wir beide allein am gedeckten Tisch. Aus dem Zimmer hörte man Gemurmel und Sprechen, aber wir verstanden nicht, worüber sie redeten. Einmal hörte ich, wie meine Mutter weinte. Das bedeutet, dachte ich, daß der Onkel lange nicht aus dem Gefängnis kommen wird. Ich machte mir Sorgen, wer wohl Walt Disney bewachen würde.

Als sie endlich herauskamen, weinte meine Mutter nicht mehr, aber sie hatte noch rote Augen. Es schien, als produziere ihre Nase mehr Feuchtigkeit als je zuvor. Der Mann kam zu mir, hockte sich zu mir und blickte mir fest in die Augen.

– Dein Onkel ist kein guter Mensch, sagte er, er hat ein kleines Mädchen vergewaltigt.

– Was heißt das, vergewaltigt?

– Sei ruhig, wenn Milan mit dir spricht, sagte mein Vater. In seiner Stimme lag etwas Eisiges.

– Das ist etwas ganz Schlimmes, was ältere Männer kleinen Mädchen antun.

Meiner Mutter war es nicht angenehm, was mir dieser Mann da erzählte, aber sie traute sich nichts zu sagen.

– Ich dürfte das hier nicht tun, sagte der Mann, den sie Milan nannten, weiter, aber dies ist der Beweis.

Er steckte die Hand in die Tasche seines Sakkos und zog eine

Kinderarmbanduhr mit einer Mickymausfigur in der Mitte des Ziffernblattes heraus. Mickys Arme dienten als Zeiger, einer war länger, der andere kürzer. Seine Zeigefinger waren ausgestreckt, und es sah so aus, als deute er auf etwas.

– Damit hat er sie geködert, preßte Milan hervor, und starrte auf das winzige Gerät. Und dabei war sie gerade zehn.

Zehn Jahre, dachte ich, eine runde Zahl. Eine hervorragender Zeitpunkt für ein kleines Mädchen, vergewaltigt zu werden. Aber das sagte ich nicht. Statt dessen sagte ich:

– Kann ich sie mal genauer sehen? Ich meinte die Uhr. Nur ansehen.

[Einen Fetzen zum Singen bringen]

1. Die Bauchaufschlitzer-Enzyklopädie

Das erste, was mir nach der Amputation des rechten Beins durch den Kopf ging, hatte mit einem Galgen zu tun. Würde ich mich jetzt aufhängen, dachte ich, so würde ich schief hängen. Etwas mit dem Gleichgewicht wäre nicht in Ordnung. In den Western kriegt man so etwas nie zu sehen. Das sagte ich zu meiner Frau, gleich nachdem ich aus der Narkose erwacht war.

– Dein Sarkasmus kotzt mich an, sagte meine Frau. Dann brach sie in Tränen aus und wiederholte ständig, sie habe nicht grob sein wollen. Dann meinte sie noch, daß es uns viel Mühe kosten werde, über den Abgrund zu springen, an dessen Rand wir jetzt stünden. Darauf hätte ich ihr am liebsten erwidert, daß ich mit einem Bein nur herumhüpfen, aber nirgends drüberspringen könne. Zum Glück konnte ich mich zurückhalten.

In den ersten Tagen brachte sie mir Zeitungen ins Krankenhaus. Ich wußte, daß Frauen ein anderes Hirn haben als wir, aber das war zuviel. Sie begriff einfach nicht, daß mich der Krieg, in dem ich den rechten Unterschenkel und einen guten Teil des Oberschenkels verloren hatte, nicht mehr interessierte. Übrigens, das mit dem Gehirn, das habe ich im Fernsehen gesehen. Mit Computeranimation hatte man da ein weibliches und ein männliches Hirn gezeigt. Beide hatten die Form einer Ellipse, waren grün und voller Windungen. Mit Rot waren die Punkte markiert, an denen wir uns unterscheiden. Das waren ziemlich viele.

– Hätten die Frauen auf der Welt das Sagen, gäbe es keine Kriege, sagte sie, während sie mir heiße Suppe in den Mund löffelte. Da wurde mir klar, daß Frauen in ihrem Hirn einfach kein Zentrum für Krieg haben. Vermutlich spielen sie deshalb als Kinder nicht mit Maschinengewehren.

Manchmal brachte sie mir makrobiotische Kuchen und Karottensaft. Damit ich zu Kräften komme. Es war Frühling, Mitte April, und sie trug leichte Kleider, an denen noch der Lavendel-Geruch vom Winterschlaf hing.

Mein Zimmernachbar hatte einen Verband über den Augen. An der Stelle, wo eigentlich das rechte Auge sein sollte, bildete sich manchmal ein blutiger Fleck.

– Deine Frau riecht gut, sagte er einmal, als sie aus dem Zimmer gegangen war, um meine Leibschüssel zu leeren.

– Wenn ich aufstehen könnte, würde ich dir die Fresse einschlagen, sagte ich. Ich meinte das nicht ernst. Es war einfach unsere Art, miteinander zu reden.

– Mann, wir haben noch Glück gehabt, sagte mein Zimmernachbar, wir können wenigstens noch vögeln.

Vor dem Krieg war einer meiner Kultfilme »Der Duft der Frauen« gewesen. Die alte Version. Das sagte ich meinem Nachbarn nur, um ihn zu ärgern. Es machte uns Spaß, uns gegenseitig ein wenig zu quälen. Das war aber nichts Ernstes.

– Ich glaube, meine Frau wird mir nie verzeihen, daß ich das Bein verloren habe, sagte ich, das hat ihr einen Strich durch die Rechnung gemacht.

Ich glaube, daß ich so etwas nur sagte, um mich wichtig zu machen. In Momenten der Einsamkeit hingegen mußte ich oft an Zlatko Fetzen denken, einen Jungen, der mit mir in die

Grundschule gegangen war und den wir sehr gerne quälten. So war es allgemein bekannt, daß Fetzen der Klasse als Grammophon diente. Man mußte ihn nur auf den Boden werfen und an seinem fleischigen Ohr drehen, und schon gab er einen Laut von sich wie eine Nadel, die über den Plattenrand kratzt. Zugegeben, Fetzen war mit dieser Art zu musizieren nicht einverstanden. Als er uns verpetzte, sagte der Direktor, dessen Fach Psychologie war, zu ihm:

– Du mußt dich durch Arbeit behaupten, Zlatko. Nur durch Arbeit. Und nicht anders.

Das, was uns eine gewisse Achtung abnötigte, waren indes nicht seine guten Noten und auch nicht seine hervorragend gefertigten Handarbeiten, sondern seine enzyklopädische Beschlagenheit in Sachen Bauchaufschlitzer. Er erzählte, daß Großbritannien für seine Bauchaufschlitzer berühmt sei. Jede Gegend dieses großen und schönen Landes habe ihren Bauchaufschlitzer: Der Schlitzer von Yorkshire zerlegte 1981 dreizehn Frauen, zumeist Prostituierte. Sein Berufskollege, der ungleich populärere Jack The Ripper hatte das gleiche mit 23 Frauen achtzig Jahre zuvor in London gemacht. Der schottische Schlitzer hieß James Fulton und wurde an der Peripherie von Glasgow gefaßt, als er gerade mit einem Stück rostigen Blechs irgend etwas mit der Leber seines fünften Opfers veranstaltete, einer gewissen Mary Steratt. Von Beruf war er Butler. Aber trotz gewisser Kenntnisse über diese Irren konnte Fetzen in unserer Achtung nie soweit steigen, daß das Musizieren endlich aufgehört hätte. Deshalb versuchte er es auch mit ganz seltsamen Dingen.

Ich erinnere mich, daß er einmal einen erschütternden Aufsatz über den Vietnamkrieg geschrieben hatte. Einige Mädchen aus der Klasse weinten, als er ihn vorlas. Er handelte von einem Arzt, der freiwillig in einem Gefangenenlazarett in Phnom Penh arbeitete. Dort kamen die gefangenen Vietkong hin, deren Körper durch Granatsplitter oder Napalm verunstaltet waren. Dort traf er auch eine schöne Vietnamesin, ein Mitglied der Widerstandsbewegung, die ganz gesund wirkte. In ihrem Akt stand, daß sie an einer seltsamen tropischen Krankheit litt, aber dem war niemand nachgegangen. Später kamen immer mehr junge gesunde Leute. Einige von ihnen waren noch Kinder. Viele verschwanden über Nacht, und der Arzt hatte keine Ahnung wohin. Gemeinsam mit der jungen Vietnamesin begann er heimlich Nachforschungen über das Verschwinden der gesunden Leute anzustellen, und das Ergebnis war, daß sich die beiden ineinander verliebten. Noch nie im Leben hatte der Arzt, sie nannten ihn Dumbo, nach dem fliegenden Elefanten, eine so schöne Frau gehabt. Sein dicklicher, schlaffer Körper hinderte die exotische Schönheit nicht daran, sich aufrichtig in ihn zu verlieben. Dumbo machte schon Pläne für ein gemeinsames Leben und dachte sogar an ein schlitzäugiges kleines Kerlchen, das ihm zwischen den Beinen herumlaufen würde, als er erfuhr, daß seine Gelbe, so hießen sie bei ihnen, »die Gelben«, tot war. Er erfuhr, daß man sie umgebracht hatte, um ihre Organe zu verkaufen. Als sie ins Lager gekommen war, war ihr Herz bereits reserviert gewesen. Am Ende sah er dann das Herz, das man ihrem Körper entnommen hatte: es wurde in einem Gefäß mit Eis aufbewahrt. Er glaubte, vor Kummer sterben zu müssen. Es tröstete ihn nur der Gedanke, daß dieses Herz in jemand anderem weiterschlagen würde.

– Fetzen, du Trottel, Organe für Transplantationen werden nicht in Schachteln mit Eis aufbewahrt, sagte jemand nach dem Vorlesen des Aufsatzes. Sogar die, die bis dahin geweint hatten, mußten jetzt lachen.

2. Der Mann, der aus Tollkühnheit starb

Damals, in der siebenten Klasse der Grundschule, hörte ich das erste Mal die Geschichte von dem Mann, der aus Tollkühnheit starb. Fetzen erzählte von einem Typen, der angeblich aus demselben Dorf stammte wie seine Mutter. Im Dorfwirtshaus habe dieser Mann um ein gebratenes Lamm und fünfzig Liter Wein gewettet, er würde Schlag Mitternacht auf den Friedhof gehen und in das Grab der Barmherzigen Schwestern ein großes eisernes Kreuz hineinrammen. Die Bauern begleiteten ihn zum Eingang, und er marschierte mutig und entschlossen weiter in den geweihten Raum der Stille. Aber schon nach wenigen Schritten verließ ihn seine Entschlossenheit. Unsicherheit und Unbehagen stellten sich ein. Er hörte ein ungewöhnliches Geräusch. Vogelgezwitscher. Wie wenn man im Frühling frühmorgens erwacht und das Singen der Amseln hört. Woher kommen jetzt die Vögel, fragte er sich. Erstens war es Nacht, zweitens spielte sich das alles im Januar ab, also mitten im Winter. Die Sache war äußerst seltsam. Dann begriff er, daß die Gummisohlen seiner Schuhe dieses Geräusch erzeugten, es ihm aber erst in dieser Stille aufgefallen war. Da ist nichts, sagte er sich und ging mit festerem Schritt weiter. Problemlos gelangte er zum Grab, schlug das Kreuz ein und wollte wieder gehen. Aber es blieb beim Versuch. Irgend etwas ließ ihn nicht gehen. Irgend etwas hielt ihn am Mantel fest, als wollte es ihn ins Grab ziehen.

– Die Geschichte kennen wir schon, Fetzen, du Idiot, sagte mein Freund Mac, der später als Leichenbestatter arbeitete. Er hat das Kreuz durch seinen Mantel hindurch eingeschlagen. Vergessen wir nicht, es war Winter, und er trug einen Mantel. Am nächsten Morgen hat man ihn tot auf dem Grab liegend gefunden. Vor lauter Angst hat es ihm das Herz zerrissen, und sein Haar war völlig weiß.

– Ich wette, daß du nicht den Schneid hast, so etwas zu tun, sagte ich zu Fetzen. Das traf ihn. Aber er nahm darin auch eine Chance wahr. In seinen Augen konnte ich etwas Seltsames aufblitzen sehen. Ich war mir nicht sicher, ob es Angst war.

– Wir können wetten, um was du willst, daß ich das mache. Ich werde ein Kreuz in das Grab schlagen, das wir aussuchen. Und ihr wartet draußen auf mich.

Sein schwammiges Tuntengesicht wirkte entschlossen. Das hat uns, glaube ich, herausgefordert. Dieser Arsch von Fetzen hatte dem männlichen Teil der Klasse den Handschuh ins Gesicht geschleudert. Weil eingestandenermaßen niemand von uns den Mut gehabt hätte, etwas Derartiges zu tun. Wir erinnerten uns nur zu gut an die Schweinereien so eines kranken Typen, der nur mit einem Zylinder, einer schwarzen Pelerine und weißen Handschuhen bekleidet abends an der Busstation vor dem Eingang zum Friedhof Mirogoj einsame alte Damen abgepaßt und gefragt hatte:

– Wann bitte geht die Kutsche?

Sie fingen diese Bestie erst ein, als eine Frau an einem Infarkt gestorben war. Wir waren uns alle bewußt, daß wir ein Zusammentreffen mit einem solchen Typen kaum überlebt hätten. Fetzen sah uns herausfordernd an. Es gab keinen Ausweg, und die Wette galt. Nur, Mac änderte die Regeln.

– Daß du ein Kreuz einschlägst, ist viel zu einfach, sagte er, wir zeichnen dir auf, wo sich Grab, Sektor und Reihe befinden. Auf dem Grab wird dann ein geheimnisvoller Gegenstand liegen, den du uns bringen mußt. Wir werden am Ausgang auf dich warten. Wenn es von der Kathedrale Mitternacht schlägt, geht's los.

– Einverstanden, sagte Fetzen entschlossen, und wir wußten, daß wir da etwas unternehmen mußten.

Nach der Schule trafen wir uns im Keller des Gebäudes, in

dem ich wohnte. Wir waren zu fünft, die Clique aus der Klasse. Miladin Zvonko, Mac, Davor Hafner, Nadica Penezić und ich. Eigentlich liebten wir es alle, Fetzen zum Singen zu bringen, und wir waren entschlossen, uns auch diesen Spaß mit ihm zu erlauben.

– Dieses Ding werden wir auf das Grab legen, sagte Mac, und wenn Fetzen auf den Friedhof kommt, wird er einige Zeit brauchen, um das Grab zu finden. In der Zwischenzeit springen wir über den Zaun und nehmen eine Abkürzung. Wir verstecken uns hinter einem Grabstein, dort gibt es ein Grabmal von einem Fallschirmspringer oder Flieger. Das ist ein gutes Versteck. Fetzen kommt von Westen, von den Arkaden, er kann uns nicht sehen.

– Und dann springen wir alle heraus und schreien »Buuuh«, sagte Miladin Zvonko. Ich kann es kaum erwarten, seine Fresse zu sehen, wenn er sich in die Hosen macht.

– Das gefällt mir nicht, sagte Nadica Penezić, es kann weiß Gott was passieren.

– Ich sage euch, was wir machen, meinte Mac. Wir brüllen nicht, und wir werden nicht Buuuh schreien. Einer von uns wird mit tiefer Stimme rufen: WER SUCHET, DER FINDET! Das wird ihm mehr Angst einjagen. Dann können wir noch etwas sagen, irgendeinen dummen Spruch. Ich will ihn lange leiden sehen.

Das wollten wir alle. Wir hatten vor, ihn so lange wie möglich im Ungewissen zu lassen. Wir beschlossen, Zvonko Miladin sollte diese Worte sprechen, weil er die tiefste Stimme hatte. Ich schlug vor, er solle sich beim Sprechen die Nase zuhalten, damit die Stimme noch seltsamer klang.

– Hört mal, Burschen, vor Angst kann man wahnsinnig werden, sagte Nadica Penezić.

– Red keinen Scheiß, sagte Mac, niemand zwingt dich mitzukommen.

3. Der rätselhafte Gegenstand

Nacht auf dem Friedhof. Stille. Fetzen huschte zwischen den Gräbern umher, und der Strahl seiner Taschenlampe erhellte für kurze Momente die Gesichter der Toten auf den Keramikfotografien. Von Zeit zu Zeit ertönte der dumpfe Schrei einer Eule, wie in den Draculafilmen. Eigentlich war das eine sehr seltsame Eule.

Wir folgten Fetzen heimlich auf seinem Weg zum markierten Grab. Es war das Grab eines Partisanenhelden aus dem letzten Krieg. Ein ziemlich schönes marmornes Rechteck, das Mac ausgewählt hatte, weil es von großen Grabsteinen umgeben war, hinter denen man sich verstecken konnte. Zvonko Miladin, unser Verarscher vom Dienst, machte die Eulenschreie. Das tat er wie ein Profi. Fetzen konnte uns allerdings nicht hören, da er mit seinen Gedanken beschäftigt war. Außerdem schlotterte ihm wahrscheinlich die Hose. Er brummte eine bekannte Melodie, die wir oft in der Musikstunde sangen.

– Er singt die Marseillaise, der Blödmann, flüsterte Mac verächtlich.

– Da hätte er sich aber auch etwas Besseres einfallen lassen können, zischelte Nadica Penezić, die doch mitgekommen war. Sie hatte sich das Vergnügen mit Fetzen nicht entgehen lassen wollen.

Wir erreichten das markierte Grab vor Fetzen und bezogen hinter dem Grabmal des berühmten Fallschirmjägers Stellung. Der Mond stand am Himmel, und wir konnten den Ort des Geschehens gut überblicken. Auch das schwarze Marmorviereck. Das war vielversprechend.

– Mac, wo hast du das Ding versteckt, fragte ich, weil er für das Plazieren des rätselhaften Gegenstandes verantwortlich war.

– In der Grableuchte, sagte er, er wird sich ganz schön plagen müssen, um das Ding zu finden.

Dann bemerkten wir den Strahl der Taschenlampe und verstummten. Langsam wurde es spannend. Fetzen war am Ziel angekommen und begann die Einfassung des Grabes abzusuchen. Der schwarze Marmor spiegelte das Licht wie ein dunkler See.

– Schau mal, wie er sich bewegt, flüsterte mir Nadica Penezić zu, irgend etwas stimmt da nicht.

– Red keinen Blödsinn, meinte ich, aber dann lenkte ich meine Aufmerksamkeit doch auf seine Bewegungen. Für alle Fälle.

Fetzen machte sich jetzt an den Buchstaben auf dem Grabstein zu schaffen. Er fuhr mehrmals mit der Hand darüber, als streichelte er sie; als hätte er etwas lang Gesuchtes endlich gefunden.

– Was für einen Scheiß macht er denn jetzt schon wieder, flüsterte Mac, und ich fühlte, wie er meinen Arm preßte, der sucht den rätselhaften Gegenstand ja gar nicht.

– Los, zischte ich Miladin zu, und seine Stimme erscholl: WER SUCHET, DER FINDET!

Zu unserem Entsetzen erschrak Fetzen nicht. Er stand unnatürlich starr vor dem Grab und sah in die Richtung, aus der die Stimme kam. Das Weiß seiner Augäpfel leuchtete wie in den Horrorfilmen. Nadica Penezić preßte sich an mich. Sie zitterte. Unter anderen Umständen wäre mir das sehr willkommen gewesen, aber so mußte ich mitzittern. Im übrigen wurde es langsam kühl.

– Sag noch etwas, drehte sich Mac zu Miladin um. Auch er spürte, daß der Spaß beim Teufel war.

– SCHON LANGE HABE ICH AUF DICH GEWARTET! sagte Miladin. Keine Ahnung, warum er ausgerechnet damit kommen mußte. Das war der Satz, mit dem der Mathematikprofessor Miladin von Zeit zu Zeit bedachte, wenn dieser zufällig einmal zum Unterricht erschien. Miladin mochte den Satz nicht.

Fetzen starrte noch immer wie hypnotisiert in unsere Richtung. Allen lief ein kalter Schauer über den Rücken, als er anfing zu sprechen:

– Auch ich habe auf dich gewartet! Seine Stimme klang anders. Jede Nacht irre ich hier umher, um dich zu treffen. Bist du derselbe, der Alan Emerick erschienen ist, dem Schlitzer von Yorkshire?

Es herrschte absolute Stille. Hoch oben in den Kronen der Pappeln konnten wir das Spiel des Windes hören.

– Antworte ihm, flüsterte Mac. In schwierigen Situationen pflegte er die Dinge in die Hand zu nehmen.

– ICH BIN ES! sagte Miladin mit tiefer, aber zittriger Stimme. Wir waren uns alle bewußt, daß wir das, was hier passierte, nicht mehr unter Kontrolle hatten.

– Du hast dich also auf dem Friedhof von Yorkshire an den jungen Emerick gewandt, als er siebzehn Jahre alt war, sagte Fetzen, du hast ihm, als er ein Grab aushob, befohlen, alle Prostituierten zu töten, weil sie die Erde beschmutzen. O Herr! sagte Fetzen und fiel vor dem Grab auf die Knie, ich werde alle töten, die du mir als unrein bezeichnest. Ich werde ihnen die verbrecherischen Köpfe zerschmettern und ihren Kindern die Geschlechtsorgane abschneiden.

Nadica Penezić begann vor Angst zu schlottern. Ihre Zähne klapperten laut.

– PSSSSSSSSSSSSSSST! sagte Mac, er kann uns hören.

Aber offensichtlich war es schon zu spät. Fetzen fuhr auf, und allen schien es, als verzöge sich sein gespenstisches Gesicht zu einem Grinsen.

– Gut, sagte er, wenn ihr ein Spiel wollt, könnt ihr es haben. Was wollt ihr spielen?

Wir schwiegen. Uns war nicht nach Spielen zumute. Jeder von uns sehnte sich nach der Geborgenheit des elterlichen Hauses.

– Wie ihr wollt, sagte Fetzen, dann spielen wir eben Krieg. Wollt ihr Krieg spielen?

Wir sagten noch immer nichts. Vom Krieg, von einem richtigen Krieg wußten wir nur die paar Dinge aus den Geschichtsbüchern.

– Also gut, sagte Fetzen, wir spielen Krieg. Er griff in die Grableuchte, wo sich der rätselhafte Gegenstand befand, und streckte sich auf dem Grab wie auf einer Bahre aus.

Wieder herrschte Totenstille, die nur von Zeit zu Zeit von einem gespenstischen Rauschen in den Baumkronen unterbrochen wurde. Das dauerte eine ganze Weile.

– Er wird sich noch erkälten, sagte Nadica Penezić.

Wir warteten. Irgend etwas hinderte uns daran, nach Hause zu flüchten, etwas hielt uns fest, so daß wir wie hypnotisiert Fetzens hingestreckten und vom Mondlicht beschienenen Körper anstarrten.

Die Zeit verging, und wir kauerten immer noch hinter dem Grabmal des Fallschirmjägers und warteten, was Fetzen machen würde. Ich könnte schwören, daß er in diesem Augenblick übermenschliche Kräfte besaß, mit deren Hilfe er uns beherrschte. Wir waren durchgefroren und bebten vor Angst. Irgendwann sagte ich:

– Leute, er atmet ja gar nicht!

Im Nu waren wir am Grab und versuchten, ihn zu wecken. Ich berührte seine Stirn, sie war kalt. Ich wußte nicht, ob sie so kalt war, weil er tot war, oder weil er schon so lange auf der Marmorplatte gelegen hatte.

– Fetzen, das war doch nur Spaß, nur ein Spaß, wiederholte Nadica Penezić unter Tränen, bitte, wach endlich auf. Halt uns nicht länger zum Narren. Wir haben dich doch gern.

– Sei nicht kindisch, Fetzen, wach auf! sagte Mac.

Es schien, als wären wir mit einem Schlag erwachsen geworden. Nadica Penezić küßte Fetzen auf die Stirn. Noch nie zuvor war es ihr in den Sinn gekommen, ihn zu küssen. Dabei sagte sie:

– Du bist unser Freund, Fetzen, wach auf und laß uns nach Hause gehen! Fetzen öffnete ein Auge, und auf seinen Lippen erschien ein ironisches Lächeln.

– Stehengeblieben! sagte er. Stillgestanden!

Das Kommando hallte über den schlafenden Friedhof.

Wir erstarrten, warfen die Brust heraus, zogen den Bauch ein und ließen die Arme hängen, wie wir es in der Turnstunde gelernt hatten.

– Das ist schon besser, preßte er hervor und stieg von der Grabplatte. Seid ihr euch bewußt, daß ihr den Schlitzer geweckt habt?

Wir standen noch immer wie angewurzelt da und warteten auf das nächste Kommando. Das war etwas, was wir bisher noch nie erlebt hatten.

– Da, sagte er, ich hab den rätselhaften Gegenstand gefunden.

Es war ein altes rostiges Rasiermesser, das einmal Macs Großvater gehört hatte. Fetzen steckte das Messer in die Tasche. Wir gingen langsam zum Ausgang und hörten den Wind in den Baumkronen. Wir wußten nicht, was draußen auf uns wartete.

[Legende]

1.

Im Rahmen der Gruppentherapie für Geisteskranke erzählte er, er denke jeden Frühling, wenn die Schwalben aus dem Süden zurückkehren, intensiv darüber nach, wie wohl ein in Flammen stehender Mensch aussähe. Ist das ein Lodern von unfaßbarem Schein oder etwas, das nur verschämt glost? August 1968 war er noch ein kleiner Junge. In den Zeitungen konnte man alles über die russischen Panzer lesen, über die Intervention, die ausgebrannten Autos auf den Straßen von Prag. Die Zeitungen brachten auch die Nachricht, daß sich Jan Palach selbst verbrannt habe. Er hatte seine Kleidung mit Benzin getränkt und ein Streichholz entzündet. Er mußte, sagte er, sofort an Jan Hus denken. Jan Palach und Jan Hus, zwei Fackeln, deren tragischer Schein die fünf dunklen Jahrhunderte erhellt, die sie voneinander trennen. Er war gespannt, ob auf dem Platz, auf dem diese lebende Fackel gestanden hatte, der Asphalt durch ein rotes Viereck gekennzeichnet sein würde. Wie viele Grundschulen, Bibliotheken, Kinderkrippen, Theatergruppen würden einst Palachs berühmten Namen tragen?

Schon damals, erzählte er, hätten ihn seltsame Bilder verfolgt: ein armseliges tschechisches Dorf neben einem Baggersee und einer Zementfabrik, Dorfhütten, mit einer weißen Staubschicht bedeckte Dächer, die kleine Sonne, die schüchtern auf den Hauptplatz und das Gemeindehaus mit dem großen Stern und der roten Aufschrift aus Styropor blinzelt:

FREIWILLIGE FEUERWEHR
JAN PALACH

Als er zehn Jahre alt war, erinnerte er sich, versuchte seine Mutter ihm zu erklären, was tschechischer Humor sei. Seit damals fragt er sich immer wieder, ob ihr das gelungen ist.

2.

Als er die unruhigen Flämmchen der Kerzen und die weißen Hyazinthensträußchen auf dem Asphalt sah, fragte er sich, wann er aufgehört hatte, ein Junge zu sein. Jetzt war er ein Tourist und bewunderte den Mut der Leute, besonders der jungen Mädchen, die Blumen an der Stelle hinterließen, wo einst die Opferflamme gebrannt hatte. Er war gespannt, wie viele von ihnen er am Abend am Wenzelsplatz wiedersehen würde, wo sie ihren Körper verkauften. Auf eben jenem Platz, der vielleicht einmal Jan-Palach-Platz heißen würde, kam ein Devisenschwarzmarkthändler auf ihn zu. Sofort, erzählte er, habe er die Lücke zwischen den Vorderzähnen, das goldene Armband, den Siegelring und die Tätowierung am Handrücken bemerkt. Haar und Haut des Unbekannten waren schwarz, aber er zeigte nicht die indische Physiognomie, die für Roma charakteristisch ist.

– Frau krank, sagte der Devisenhändler. Dabei legte er die zusammengelegten Hände als Geste des Schlafens an seine Wange.

– Braucht Devisen für Medikamente, sagte der Unbekannte, für importiertes Medikament.

Er habe, erzählte er, einen blauen Hundertmarkschein hervorgezogen und ihn so lange in der Hand gehalten, bis der Zigeuner, zumindest sah er so aus, tausendzweihundert Kronen abgezählt hatte.

Als er ins Hotel zurückkam und das Geld auf den Tisch legte, bemerkte er zwischen den grünlichen Hundertkronenscheinen auch einen blauen mit einem völlig anderen Motiv. Darauf stand DEUTSCHE REICHSMARK, und an den Ecken prangten ungewöhnlich schnörkelige Zahlen und gotische Buchstaben. Es war eine Banknote über hundert deutsche Mark aus dem fernen Jahr 1922, aus der Zeit der großen Krise, der Schein war heute natürlich völlig wertlos. Das Seltsamste an all dem war indes der rote Stempel, der diagonal über die Vorderseite der Banknote verlief. In schlichten lateinischen Buchstaben stand dort geschrieben: 5 MILLIARDEN. Auf einmal begriff er, welche erstaunlichen Ausmaße eine Inflation erreichen kann.

Was für eine Gaunerstadt, dachte er bei sich. In den Restaurants und Bierstuben muß man das Restgeld genau nachzählen. Wenn man auf der Straße Geld wechselt, ist es ratsam, gut zu schauen, welche Geldscheine einem angedreht werden. Inoffiziell gibt es in den Geschäften Preise für Fremde und Preise für Einheimische. Ein guter Teil der Beamtenschaft in Polizei und Staatsapparat ist absolut käuflich. In den Hotels zahlt man für Dinge, die es nicht gibt: warmes Wasser und saubere Bettwäsche. Die Zimmermädchen bieten sich billiger feil als diese Schlampen am Wenzelsplatz, die Verkäuferinnen schieben einem verfaultes Obst und stinkendes Fleisch unter, die Kinder fechten um Kleingeld. Jan Palach hat offensichtlich gewußt, warum er sich angezündet hat.

3.

Am nächsten Morgen, erzählte er, habe er eine Entscheidung getroffen. Dieser Gaunerstadt, die ihre heroische Vergangenheit vergessen hatte, mußte man es auf Gaunerart heimzahlen. Er begann damit in der Bierkneipe »Zum Geier«, unweit der Stelle, an der die Leute Blumen für Jan Palach niederlegen. Es war ein richtiges tschechisches Frühstück, sofern es so etwas wie ein tschechisches Frühstück überhaupt gibt. Hartgekochte Eier, Pilsner Bier, kurze dicke Würste mit Estragonsenf. Als schließlich der Kellner erschien und den Betrag genannt hatte, reichte er ihm lässig den Hundertmarkschein. Dabei wischte er mechanisch die Brösel vom Tischtuch, wie er es immer beim Zahlen machte. Die Banknote machte indes auf den Gastgewerbeangestellten einen unerwarteten Eindruck. Er hielt sie gegen das Licht, als wollte er das Wasserzeichen überprüfen, dann gab er sie zurück. Es lag etwas wie Ehrfurcht in dieser Geste.

– Danke, *pane*, sagte er. Zahlen Sie, wenn Sie es kleiner haben. Er zeigte sich ungemein liebenswürdig, beim Ausgang half er ihm sogar in den Mantel.

In einer Ausländerboutique am Wenzelsplatz suchte er sich den teuersten Anzug aus. Er erinnerte ihn an eine Illustration für eine Erzählung Mark Twains, die in der Jugendzeitschrift DIE WELT UM UNS abgedruckt gewesen war. Als er den Geldschein hervorzog, zeigte ihn die Verkäuferin verstohlen, aber strahlend und voll seltsamen Eifers ihrer Chefin.

– Wir sind geehrt, mein Herr, sagte die Chefin, daß Sie unser Geschäft gewählt haben. Zahlen Sie, wenn Sie gewechselt haben. Sie zwinkerte ihm zu, und es konnte keinen Zweifel mehr daran geben, daß sich hinter all dem etwas Geheimnisvolles verbarg. An diesem Nachmittag fuhr er gratis mit dem Taxi, kaufte eine gebrauchte Violine im Goldenen Gäßchen, besuchte das Museum, aß zu Mittag, aß zu Abend, trank besten österreichischen Qualitätswein, sogar Ansichtskarten bekam er gratis. Nach Mitternacht landete er in der NON-STOP-BAR, einem der anrüchigsten Etablissements der Stadt. Dort gaben sich die Huren des gesamten Warschauer Pakts ein Stelldichein, und man konnte alles Erdenkliche finden. Von Amphetaminen, wie sie die russischen Soldaten verkauften, bis hin zu Kinderpornos. Die Kunden waren gewöhnlich Devisenhändler, Taschendiebe, kleine Dealer – Haschisch war in letzter Zeit der große Renner –, stadtbekannte Alkoholiker und abgehalfterte Politiker. Es war eine ziemlich interessante Fauna.

Er baute sich an der Theke auf. Der riesige Barkeeper mit der Fliege und den aufgekrempelten Ärmeln mixte die Getränke. Seine Unterarme waren beide tätowiert. Auf einem räkelte sich eine geschmeidige Sirene mit herzförmigen Lippen, auf dem anderen, dem rechten, war das Bild eines Salamanders im Strahlenkranz zu erkennen. Diese Tätowierung, dachte er, war vielleicht ein Zeichen der Zugehörigkeit zu einer Geheimorganisation. So konnte man es zumindest in den westlichen Filmen sehen. Gerade als ihm einfiel, sagte er, daß er den ungeschlachten Kerl fragen könnte, wer ihm diese Tätowierung gemacht hatte, taumelte ein blutüberströmter Mann aus der Toilette. Die Nase und ein Großteil des Gesichts waren zu Brei geschlagen. Bald erschien die Polizei, die offensichtlich sofort wußte, wen sie zu verhaften hatte. Sie führten einen kurzgeschorenen Jugendlichen mit einer schwarzen Lederjacke und eine ältere Blondine, offenbar eine Prostituierte, ab, der Zusammengeschlagene schleppte sich hinter ihnen her. Aus seiner Nase tropfte Blut auf das marmorierte Linoleum.

– Sie brauchen sich nicht aufzuregen, das ist hier normal, zwitscherte eine angenehme Frauenstimme. Er bemerkte das Mädchen, das sich auf dem Barhocker neben ihm niedergelassen hatte. Sie hatte dichtes blondes Haar, das ihr bis zu den Schultern reichte, und trug ein dunkelblaues, eng geschnittenes Kostüm und Schuhe mit flachen Absätzen. Sie ähnelte eher einer Stewardeß als einer Bardame. Sie hatte etwas Sympathisches an sich. Sie wirkte nicht gefährlich, und an solchen Orten schätzt man an den Menschen vor allem, wenn sie nicht gefährlich wirken.

– Laden Sie mich auf einen Drink ein? fragte sie, während sie mit ihren langen dünnen Fingern nach einer Zigarette griff. Er betrachtete dabei ihr Handgelenk. Es war ein schönes weibliches Handgelenk, das allerlei versprach. Er winkte dem tätowierten Kerl.

– Einen Drink für die Dame, sagte er, und noch einen für mich.

Zu dieser Zeit, sagte er, war er dem Alkohol noch nicht so verfallen, er konnte sich das ohne Gewissensbisse erlauben.

– Sicher interessiert es Sie, was sich da gerade zugetragen hat, sagte sie.

Er bemerkte, daß sie eine Augenbraue hob, während sie sprach. Das erinnerte ihn an etwas, doch er wußte nicht woran.

– Ich bin solche Szenen nicht unbedingt gewöhnt, sagte er, ich lebe in einer friedlichen Stadt.

– Der mit der gebrochenen Nase, sagte sie, das ist der Naive. Die Frau, die Sie gesehen haben, ist der Lockvogel, und der junge Mann in der schwarzen Jacke ist der Jäger. In dieser Geschichte haben alle ihren Namen. Die Frau lockt den Naiven aufs Klo, indem sie ihm ein Abenteuer verspricht. Mitten in das Vergnügen stürzt dann der Jäger und fängt mit dem Naiven einen Streit an: He, das ist mein Mädchen, sagt er zu ihm oder so ähnlich. Dann rammt er ihm den Ellbogen ins Gesicht, weil das Klo zu klein ist, um normal mit der Faust auszuholen. Kurze Rammstöße mit dem Ellbogen sind genug für solche Naivlinge. Dabei verliert der Naive »zufällig« seine Brieftasche. Schließlich geht eine vierte Person ins Klo und findet die Brieftasche. Bei uns läuft das sehr unkompliziert ab.

– Ich sehe, Sie sind eingeweiht, sagte er. Es war nichts mehr hinzuzufügen.

– Ich habe das nur erzählt, um Ihr Vertrauen zu gewinnen, sagte sie. Jede Beziehung beruht auf Vertrauen, oder?

Er mußte zugeben, daß Vertrauen ausgesprochen wichtig sei.

– Ich bin Vilena, sagte sie.

Er nannte seinen Namen, aber sie zeigte keine besondere Neigung, ihn im Gedächtnis zu behalten.

– Ich arbeite auch als Lehrerin, sagte sie, wundert Sie das?

– Nicht besonders, antwortete er, ich habe schon von solchen Dingen gelesen.

Sie lachte auf. Es war ein unbefangenes Kinderlachen, es klang nicht nach Spott. Offensichtlich kannte Vilena die Regeln des Anstandes.

– Als Kind hatte ich einen Zauberstab mit einem Stern an der Spitze, in den eine kleine Glühbirne eingebaut war. Den hatte mir ein Onkel aus Österreich mitgebracht. Ich berührte damit Leute und sagte dabei Zauberworte. Ich glaubte, daß ich ihnen damit Gutes tue.

Er hegte kein besonderes Interesse für die Beichte einer Hure, deshalb fragte er:

– Tust du heute auch noch Gutes?

– Und ob, sagte sie. Ein ordentlicher Schluck Wyborowa glitt durch ihre Kehle.

– Und was würde mich etwas Gutes mit dir kosten?

– Kommt darauf an, antwortete sie. Ich sehe, daß du einen guten Anzug trägst. Der muß teuer gewesen sein.

– Ich habe auch noch hundert Mark, sagte er und zückte seinen Geldschein.

Ihr Gesicht nahm plötzlich einen zärtlichen Ausdruck an, sie lächelte, als wäre sie in ein Geheimnis eingeweiht.

– Wird das reichen? fragte er.

– Zahl den Drink und komm mit mir, sagte sie, und rede keine Dummheiten mehr.

4.

Er träumte Feuer, Rauch, er befand sich inmitten einer flammenden Urgewalt, die ihn nicht berührte. Er fühlte sich wie ein Tourist mitten auf einem riesigen Scheiterhaufen. Als er aufwachte, saß sie im Bett und rauchte.

– Willkommen auf der Erde, sagte sie, ich muß gehen. Ich habe nur gewartet, daß du aufwachst, damit wir uns verabschieden können.

– Schön von dir, sagte er. Er meinte es ernst. Diese Geste rührte ihn.

– Meistens gehe ich, wenn die Kunden noch schlafen, sagte sie. Am Morgen kann ich sie nicht ausstehen.

Flink schlüpfte sie unter der Decke hervor und zog sich sofort ihre pfirsichfarbene Seidenbluse an. Den Mantel warf sie sich nur über die Schulter. Die Tasche nahm sie unter den Arm. Der Hundertmarkschein lag noch immer auf dem Nachtkästchen, wohin er ihn am Abend gelegt hatte.

– Willst du ihn nicht nehmen? fragte er mit einem Lächeln.

Sie sah ihn an, und das war nicht mehr der Blick einer Hure, sondern der eines Menschen, der Ehrfurcht empfindet. Gleichzeitig vielleicht Zärtlichkeit und Mitgefühl.

– Du weißt offensichtlich nicht, was dir widerfahren ist, sagte sie. Was dieser Geldschein bei uns bedeutet.

Er habe sie, erzählte er, verblüfft angesehen. Es war das erste Mal, daß jemand offen darüber sprach.

– Du hast ihn am Wenzelsplatz bekommen, nicht wahr? sagte sie. Ihre Frage war gleichzeitig auch die Antwort. Du hast bei der alten Frau mit der Waage ein Hyazinthensträußchen gekauft. Und bei einer anderen Frau eine längere Kerze. Dann bist du lange dagestanden, du warst ein furchtloser Tourist, bis der Zigeuner kam ... Nun, auf diese Weise revanchieren wir Prager uns bei denen, die unsere Heiligtümer ehren. Jetzt weißt du nicht mehr, ob das alles tatsächlich passiert ist oder ob du dir ganz stark gewünscht hast, daß so etwas passiert. Ich muß jetzt gehen, ich bin nur geblieben, um mich zu verabschieden.

[Die Frau mit dem Gebärmutterkrebs]

Einleitung der Tragödie

Beim Gräbenausheben irgendwo an der Front fand Mladen Šturlić einen Stein mit dem Abdruck eines prähistorischen Tieres. Das Tier hatte einen länglichen Körper, drei Beinchenpaare und eine Zange. Es mußte noch vom Pannonischen Meer übriggeblieben sein. Den Stein nahm er mit nach Hause, für seine Frau. Er dachte an sie, während er ihn in der Tasche trug. Doch als er zurückkam, fand er seine Frau mit einem anderen. Später schrieb sie ihm einen Brief: »Ich habe es nicht mehr aushalten. Es war ein Mißverständnis. Vergib mir. Sonja.«

Er war am Boden zerstört. Tagelang saß er in der Bierkneipe gegenüber der gynäkologischen Klinik und betrank sich. Die Kneipe hieß »Zum Storchen«, und hier feierten manche Männer, wenn sie Vater geworden waren. An diesem Morgen war er schon im Öl, obwohl es erst zehn Uhr war. Er linste durch die Scheibe auf etwas, dem es gelungen war, sein Interesse zu wecken.

– Siehst du die Frau dort, sagte er zu seinem Freund, der gerade das Lokal betreten hatte. Vor dem Eingang zur Klinik stand eine Frau im Pyjama. Sie war in einen geblümten Morgenmantel gehüllt und hatte sich ans Geländer gelehnt. Sie blickte ins Leere.

– Ja, sagte sein Freund, und?

– Betrachte ihren Blick, sagte Šturlić, ich weiß, wohin sie sieht. Ich weiß auch, was sie sieht.

Sein Freund versuchte sich in die Absichten der Frau zu versenken. Sie war um die dreißig. Sie stützte sich auf den Händen ab, die sie unter den Hintern gelegt hatte, als wollte sie ihre Nieren schützen oder so. Inzwischen bestellte Šturlić noch einen Kognak. Er winkte der Kellnerin und deutete auf sein leeres Glas.

– Übertreibst du nicht ein wenig? sagte sein Freund.

– Bestimmt nicht, sagte Šturlić, sieh dir ihren Ausdruck an! Soeben haben sie bei ihr Gebärmutterkrebs konstatiert. Dort, wo ich war, habe ich diesen Blick oft gesehen. So sehen Neugeborene und Tote drein.

– Warum trägst du die Pistole, sagte sein Freund, der das Futteral unter Šturlićs Jacke bemerkt hatte. Das habe ich gar nicht gern, wenn du sie in der Tasche mit dir herumschleppst.

– Aus Gewohnheit, jeder in der Stadt trägt jetzt eine Waffe.

Die Frau hatte ihre Pose verändert. Sie hielt die Arme über der Brust verschränkt, als hätte sie etwas Wichtiges beschlossen. Sie hatte sich sogar von der Wand gelöst, um ein paar Schritte zu machen. Sie schwebte geradezu, als gehörte sie nicht mehr der Erde an, schwer, doch irgendwie abwesend. Mladen Šturli‡ kippte das gelbe Naß mit angeekelter Grimasse hinunter.

– Ich weiß nicht, sagte er, ob ich dir von dem Mann aus meiner Einheit erzählt habe, der beide Beine verloren hat. Niemand hat je rausgekriegt, warum das passiert ist. Die Vier hockten im Bunker und spielten Karten. Draußen drosch die Artillerie, aber da drinnen waren sie relativ sicher. Da stürzt plötzlich jemand aus einem anderen Zug in den Bunker und fragt: Seid ihr bereit? Für was? fragen sie ihn. Im selben Moment wirft er eine Handgranate zwischen sie und sucht

Deckung. Dann kommt er zurück und fängt an, auf das zu schießen, was von ihnen übriggeblieben ist. Der Mann, der beide Beine verloren hat, zerfetzt ihm die Lunge mit seiner Walther. Während der ganzen Operation im Kriegslazarett und dann noch zwei Tage lang konnten sie ihm die Pistole nicht aus der zusammengepreßten Faust winden. Sie konnten nur das Magazin leer machen.

In der Zwischenzeit hatte sich die Frau wieder an die Wand gelehnt. Šturlić war wie besessen von dieser Frau.

– Dieses Gebäude dort oben, das ist die Onkologie, sagte er, aus der Richtung ist sie gekommen. Sie ist stehengeblieben, weil sie nicht weiß, was sie jetzt machen soll. Das muß wirklich eine schreckliche Enthüllung sein.

– Was?

– Na das. Die Diagnose. Im Krieg sind wir ganz willkürlich gestorben, verstehst du. Man wußte nie, wen es erwischen wird, aber wenn es passierte, passierte es schnell. Ich meine, es ist schlimmer, wenn es langsam passiert.

– Wie kannst du dir nur so sicher sein, sagte sein Freund, vielleicht hat sie nur eine Eierstockentzündung. Vielleicht ist sie auch nur zur Kontrolle da. Frauen gehen oft zur Kontrolle, damit ihnen die Apparatur nicht verrostet.

– Siehst du denn ihren Blick nicht, sagte Šturlić, so ein Blick kann nicht trügen. Sie ist mit etwas Großem, mit etwas, was sie aus der Fassung gebracht hat, konfrontiert worden.

Aus wer weiß welchem Grund mußte der Freund an ihren alten Literatur- und Lateinprofessor denken. In jenen fernen Zeiten, als sie noch ins Gymnasium gingen, hatte das Schuljahr immer auf dieselbe Weise angefangen. Der alte Professor spazierte würdevollen Schrittes in die Klasse, legte das Klassenbuch auf den Tisch und sagte statt einer Begrüßung:

– Heiraten schöne Frauen Nachtwächter?

Er gestattete nie, daß einer von den Schülern die Frage beantwortete, sondern fuhr stets selbst fort: Ja. Aber später bereuen sie es immer.

Und so ging das jedes Jahr. Man erzählte sich, daß er während der Studienzeit als Nachtwächter gearbeitet hatte, aber niemand hatte das nachgeprüft. Der erwähnte Satz diente ihm nur als Einleitung in seinen Vortrag über die griechische Tragödie.

– *Hamartia*, was ist das, pflegte er zu beginnen. Er war wie entrückt, in eine andere Zeit und einen anderen Raum katapultiert, von wo aus man alles klarer sieht. *Hamartia*, das ist das tragische Mißverständnis. Nehmen wir zum Beispiel den Nachtwächter Dante. Nach Alighieri muß jeder, der Dante heißt, komisch wirken. So war es auch mit diesem Dante, dem Nachtwächter im Warenhaus Maxim. Auch dieser Dante hatte seltsamerweise eine junge und schöne Frau. Die versuchte er, Dante, festzuhalten wie eine Handvoll Wasser, doch wie jede Flüssigkeit schlüpfte sie ihm durch die Finger, sie suchte die kleinen Spalten, um sich dieser beschützerischen, dantesken Hand irgendwie unmerklich zu entziehen. Wenn Dante abends, die rechte Hand auf den Pistolengriff gelegt, durch die erleuchteten Gänge des Warenhauses ging, kam er sich wichtig und stark vor. Manchmal trainierte er vor dem Spiegel in der Abteilung für Damenkonfektion seine Schnelligkeit im Pistolenziehen. So vertrieb er sich die einsamen Nächte. Eines Abends besuchte ihn seine Frau bei der Arbeit, und er erlaubte ihr, verschiedene Kleidungsstücke anzuprobieren. Als sie auf einen Polarfuchsmantel stieß, verliebte sie sich auf den ersten Blick. Von da an sprach sie nur noch von dem Pelz. Und das Leben ohne Pelz wurde unerträglich. Doch Dantes Gehalt war klein, ein paar Almosen, von denen man kaum die Rechnungen bezahlen und ein Stück Brot kaufen konnte. Dante konnte sich solch ein luxuriöses Geschenk für seine Frau zu den bevorstehenden Weihnachtsfeiertagen nicht leisten. Und es ging eine Veränderung in Dante vor. Er wurde grüblerisch und griesgrämig, und wenn er morgens von der Arbeit heimkam, roch er nach Alkohol.

In der letzten Zeit verbrachte er viel Zeit außer Haus. Er kam gegen acht Uhr morgens, legte den Revolvergürtel ab und kroch ins Bett, um zwei, drei Stunden zu schlafen, aber dann ging er wieder weg und ward bis zum Abend nicht mehr gesehen. Das alles kam der Frau verdächtig vor. Wo trieb sich ihr Dante herum? Sie, die sich irgendwie hatte losmachen wollen, war jetzt völlig verändert. Sie begann seine Taschen zu durchsuchen, an seinen Hemden zu schnüffeln, ob sie nicht vielleicht einen verräterischen Geruch entdecken könnte. Aber nichts. Die Wochen vergingen, und Dante schien überhaupt nicht mehr zu Hause zu sein. Wenn sie ihn fragte, wo er denn seine Tage verbringe, fing er an zu stottern, sich zu winden und Ausflüchte zu erfinden, wie es gewöhnlich Männer tun, die beim Schwindeln ertappt werden. Eines Abends bemerkte sie auf dem Revers seines Mantels ein gekräuseltes rotes Haar von erheblicher Länge. Sie selbst war brünett. Das war etwas, was bedacht werden wollte. Dieses lange, unendlich lange, flammenrote, gekräuselte Haar. Sie versuchte sich einzureden, es sei ein Zufall gewesen, ein Gedränge im Bus oder etwas ähnliches. Und als sie sich gerade diese ungefährliche Erklärung eingeredet hatte, entdeckte sie ein Haar, das sich am Hemdknopf verfangen hatte. Diesmal war es blond. Als sie den Anzug genauer inspizierte, fand sie noch mehr lange blonde Haare, die seltsam vibrierten, wenn sie mit ihrem schnellergehenden Atem näherkam. Die Sache wurde immer ernster. In diesen Tagen kam Dante höchstens nach Hause, um einen Bissen zu sich zu nehmen, und verschwand gleich wieder, einen leidenschaftlichen Zug um den Mund. Dann fand sie auch auf seinem Hemd Frauenhaare. Das war zuviel. Sie wurde von Wut gepackt, von Verzweiflung und am Schluß von Wahnsinn. An diesem

Abend kam Dante besonders gut gelaunt nach Hause. Es war Weihnachten, und sie hatte stundenlang auf ihn gewartet, um mit ihm gemeinsam den Baum zu schmücken. Statt dessen stand er plötzlich schwankend und offensichtlich angesäuselt in der Tür. Das konnte sie nicht mehr ertragen. Sie nahm seinen Revolver und erschoß Dante. Dieser griff sich an die Brust und stürzte zwischen die Schuhe, die im Vorraum der Wohnung standen.

Zehn Minuten später klingelte jemand: der Zusteller vom Warenhaus Maxim; er hielt ein ziemlich großes Paket in Händen. Darin lag ein Polarfuchsmantel. In der Sakkotasche ihres Mannes fand sie die Gehaltsabrechnung einer Perückenfabrik, wo er zusätzlich gearbeitet hatte, um für den Polarfuchsmantel zu sparen.

– Das, meine Kinder, pflegte der Professor begeistert zu enden, das ist *Hamartia* oder ein tragisches Mißverständnis. Wie ihr hier sehen konntet, muß eine am Anfang erwähnte Pistole am Ende auch losgehen, sonst wirkt die Tragödie nicht überzeugend. Das hat Tschechow gesagt, aber schon Aristoteles hat es gewußt.

So war es jeden Herbst: das Schuljahr begann mit einer Leiche und einem tragischen Mißverständnis.

Šturlić sah immer noch zu der Frau hinüber. Er hatte den Kopf ans Fenster gelehnt. Die Männer schwiegen. Šturlićs Kopf schien mit der Landschaft, mit den Automobilen und der Kastanienallee zu verschmelzen. In diesem Augenblick kam ein Mann mit Schnurrbart aus der Klinik. Er trug einen Sonntagsanzug und eine bunte Fliege. In Händen hielt er etwas, das in ein weißes Deckchen und Spitzentücher gewickelt war. Er reichte das eingewickelte Etwas der Frau, die es in den Arm nahm und mit unendlicher Zärtlichkeit betrachtete. Man sah, daß sie etwas zu ihm sagte. Etwas, was das in die Decke gewickelte Wesen nicht verstehen konnte.

[Tee in der Sahara]

1. Der Job

Es ging darum, die Fliegen irgendwie in den Autobus hineinzukriegen. Diesmal verwendete Benjamin dazu ein Stück stinkende Schweineleber. Er legte sie vor die hinteren Sitze und streckte sich selbst im Schatten des Fahrzeuges aus. Sie standen mitten auf dem riesigen Sandstrand, der die Sahara darstellen sollte. In der flimmernden Hitze konnte man die LKWs des Filmteams sehen. Außer der sandigen Weite gab es sonst nur noch das Meer, das sich meilenweit erstreckte, und eine Insel, die irgendwann einmal als Gefängnis für die Politischen gedient hatte. Die Form der Insel kam ihm bekannt vor, aber er konnte sich nicht mehr erinnern, warum. Wahrscheinlich hatte er so etwas im »Kleinen Prinzen« gesehen.

Alle paar Minuten ging er in den Autobus, um enttäuscht festzustellen, daß nicht eine einzige Fliege erschienen war. Außer dem ekeligen Gestank der wurmigen Leber gab es drinnen nichts. Dann ging er wieder hinaus, um flehend gen Himmel zu blicken. Als ob ihm das helfen würde. Die Gelegenheit, mit einem so bekannten Regisseur zu arbeiten, bot sich selten, und dies war nicht eine der billigen Koproduktionen. Während er wartete, bemerkte er eine kleine Gestalt mit einem großen Strohhut, die über den flimmernden Sand auf ihn zukam. Es war Paco, der Junge, der für das Team Botendienste erledigte. Er überbrachte wichtige Nachrichten an Stellen, die das Megaphon des Regisseurs nicht erreichte. Er war wie der Engel, das Sprachrohr Gottes. Schon aus beträchtlicher Entfernung rief Paco ihm zu:

– Benni! Sie wollen sie auch auf den Scheiben! Sie wollen sie auf allen Scheiben, besonders auf der links vom Fahrer!

In der Zwischenzeit hatte er sich bis zu Benjamin geschleppt und sah in den Autobus.

– Sie haben mich hergeschickt, damit ich dir helfe, sagte er und starrte auf das plumpe, mit einer gelblichen Sandschicht bedeckte Fahrzeug. Gibt es nicht einmal eine einzige Fliege?

– Es gibt Dinge, auf die du keinen Einfluß hast, Paco, sagte Benjamin. Sie werden schon noch kommen, ich spüre es.

– Die dort glauben, daß der Autobus schon voll ist, sagte Paco. Der Italo ist bereits ungeduldig.

– Der Italo wird es schon erwarten können, sagte Benjamin. Er liebte es nicht, wegen jeder Kleinigkeit den Regisseur zitiert zu kriegen. Außerdem handelte es sich um einen sehr populären und sehr launenhaften Regisseur. So einem Menschen zu assistieren war schwer.

– Du sagst, er will sie auch auf den Scheiben, sagte er, nichts leichter als das.

Er kramte aus der Tasche seines Safari-Hemdes eine kleine Tube. Vorsichtig öffnete er den Verschluß, drückte einige Tropfen auf die Scheibe, dann verschmierte er sie mit dem Finger, als ob er Bildchen ins Album kleben würde.

– Was machst du?

– Wirst schon sehen, sagte Benjamin. Er berührte die beschmierte Oberfläche mit den Fingern, als wollte er die Klebefestigkeit testen. Dann holte er die stinkende Leber und begann damit die Scheibe einzureiben. An der klebrigen Oberfläche blieben Fasern des bereits fauligen purpurnen Gewebes hängen.

– O Gott! Ich muß kotzen! preßte Paco hervor und verschwand aus dem Autobus. Benjamin kam dieser Spruch irgendwie bekannt vor. Es schien ihm, als hätte ihn vor langer Zeit eine Frau getätigt. Aber er konnte sich nicht erinnern, ob es in einem Film oder woanders gewesen war.

Den Rest der Leber packte er unter den Fahrersitz.

– Vielleicht funktioniert es so, sagte er.

Sie legten sich in den Schatten und warteten. Benjamin fiel auf, daß der Rand von Pacos Sombrero aussah wie Strudelteig und daß ihn die schmalen Hände des Jungen an Mädchenhände erinnerten.

– Was machst du sonst so? fragte Benjamin.

– Ich fahre Fahrrad, manchmal, antwortet Paco, hauptsächlich finde ich mich irgendwie zurecht.

– Ich höre, du lebst allein.

– Für die hier scheint das irgendwie eine Sensation zu sein. Mit vierzehn ist der Mensch absolut fähig, alleine zu leben.

Für Benjamin klangen Pacos Worte überzeugend. Er stellte sich vor, wie der Junge ganz allein im Vorraum eines Hauses am Stadtrand steht, dann sein Rad nimmt und eilig losfährt. Die Wände sind mit feuchten Flecken übersät, die an Brandwunden erinnern, das Rad ist dunkelgrau, alles versinkt in undefinierbarem Grau. An den Füßen trägt Paco schmutzige »Starstar«-Tennisschuhe, die irgendwann einmal weiß gewesen sind. Sonst ist er ganz in Weiß gekleidet. Er trägt ein Engelskostüm, und die riesigen Papierflügel stören ihn beim heftigen Treten in die Pedale. Zur Schultheateraufführung, bei der ihm diese Rolle zugeteilt worden war, kommt er zu spät. Benjamin fiel, selbstverständlich nicht ohne Grund, ein, daß so etwas nur die Italiener filmen können.

– Was sollen die Fliegen im Autobus? fragte Paco.

– Fliegen vermitteln den Eindruck von Unsauberkeit. Die Schauspieler nähern sich einer Stadt, in der eine ansteckende Krankheit herrscht.

– Und wie lange wird das mit den Fliegen dauern?

– Nicht länger als dreißig Sekunden. Zwei oder drei kurze Sequenzen.

– Und der ganze Zirkus wegen dreißig Sekunden, sagte Paco, ich würde die ganze Szene streichen. Du siehst ja, daß es hier keine Fliegen gibt.

Gut dreihundert Meter weiter entfernt, beim Wagen des Regisseurs, wo der Großteil des Teams stand, löste sich ein Mann aus der Gruppe und begann mit Fähnchen zu winken. Aus dieser Entfernung war er ein Püppchen, das der Illustration einer Enzyklopädie zum Stichwort SIGNALE entstammen könnte. Der Kleine sprang auf, als hätte ihn ein Wüstenskorpion in den Hintern gezwickt.

– Der Italo sucht mich! stieß er hervor, er fragt sicher nach den Fliegen.

– Du wirst ihm sagen, daß es noch keine Fliegen gibt, sagte Benjamin, ohne sich zu bewegen. Sag ihm einfach, daß wir sie jeden Augenblick erwarten. Du kannst ja wie beiläufig erwähnen, daß sich die Vorhut schon gezeigt hat.

Ausgestreckt auf dem warmen Sand liegend, dachte Benjamin, daß er sich die Arbeit als Regisseur doch anders vorgestellt hatte. Endlich war er nach all dem Herumirren und den billigen Koproduktionen in eines dieser wirklich wichtigen Projekte hineingekommen. Jetzt schien ihm das allerdings keine so große Bedeutung mehr zu haben. Der Film, den er als Diplomarbeit gedreht und von dem er sich viel versprochen hatte, handelte von einem Menschen, der Bilderrahmen macht. In einer der ersten Szenen erschlägt der Betreffende eine Fliege, die einen dunklen Fleck an der völlig weißen Wand hinterläßt. In der folgenden

Szene bringt er einen kleinen Rahmen, hängt ihn um den Fleck und verwandelt ihn so in ein Bild. Es war ein einfacher, mit Silberbronze gestrichener Holzrahmen. So wie sie in der modernen Malerei verwendet werden. Später erscheint an der Wand außerhalb des Rahmens eine zweite Fliege, der Mensch erschlägt sie und bringt einen größeren Rahmen, der beide Flecken umschließt. Jetzt ist sich Benjamin darüber im klaren, daß das eine ziemlich naive Idee war: die Pointe war zu offensichtlich.

Ein Surren aus dem Businneren brachte ihn zum Aufstehen, und wirklich, der Kleber auf der Scheibe links vom Chauffeur hielt unzählige behaarte Flecken gefangen, die den Ton eines feinen Zahnarztbohrers von sich gaben. Beim Aussteigen sah er, daß Paco zurückkam.

Diesmal brachte er einen Brief von Benjamins Frau, die im neunten Monat schwanger war. Seit Beginn der Dreharbeiten, das war einige Wochen her, hatten sie einander nicht mehr gesehen. Angerufen hatte er selten oder gar nicht. Ihre Telefonstimme war immer verzerrt gewesen, irgend etwas in ihrer Stimme hatte ihm Angst gemacht. So zerdrückt und verschwitzt, wie er war, ohne zu wissen, welche Nachricht ihm in dem geschlossenen Briefumschlag überbracht wurde, erinnerte er sich an den Augenblick, als ihm seine Frau zum ersten Mal gesagt hatte, daß sie schwanger war.

2. Die Operation

An dem Abend, als der Engel im weißen Kittel ihm bestätigte, daß sich in der Gebärmutter seiner Frau tatsächlich etwas eingenistet hatte, fühlte er sich elend. Sie sollten bei irgendwelchen Verwandten von ihr, die den Wunsch geäußert hatten, ihn kennenzulernen, zu Abend essen. Statt dessen waren sie auf dem

Weg dorthin nun in einer kleinen Bar im Freien eingekehrt, um gewisse Dinge zu klären. Sie bestellten etwas zum Trinken. Das würde ihnen guttun. Er war sich der Wichtigkeit der Getränke in einem solchen Augenblick bewußt.

– Hast du Angst? fragte er sie.

– Ich bin verwirrt, sagte sie, ich fühle mich wie nach einer Krankheit. Als ich klein war, habe ich mich nach einer Grippe so gefühlt.

Sie nahm einen Schluck von ihrem Wermut. Er beobachtete, wie der Zuckerrand am Glas dort verschwand, wo sie mit ihren Lippen angesetzt hatte.

– Ich glaube, wir müssen es uns gut überlegen, sagte er, das ist für uns außerordentlich wichtig.

– Was sollen wir uns überlegen? sagte sie. Wovon redest du?

Die Sache wurde ernster. Man mußte es ihr irgendwie sagen. Aber nicht grob.

– Ich will, daß du weißt, daß das nichts Schreckliches ist. Viele Frauen lassen das machen.

– Und?

– Mir scheint, daß das augenblicklich die einzige Lösung ist.

Kaum hatte er es ausgesprochen, wurde ihm klar, daß er etwas Falsches gesagt hatte. Ein taktisch schlechter Zug. Er hatte gelesen, daß Frauen in diesem Zustand empfindlich sind. Das hätte er sich vor Augen halten müssen.

– Alle unsere Freunde haben schon Kinder, sagte sie.

Der Wermut in ihrem Glas verschwand erschreckend schnell.

– Das ist wirklich gar nichts, sagte er, etwas mehr als das Ziehen eines Zahnes.

Es war ihm klar, daß er Blödsinn redete, aber er konnte sich nicht helfen.

– Niemals zuvor hatte ich eine eigene Meinung darüber, sagte sie. Genauso hatte sie es gesagt, »eigene Meinung«. Sie hielt ihm das Glas hin, als ob sie noch mehr Wermut wollte. Sie glaubte, daß ihr das vielleicht helfen würde. Nach dem zweiten Glas, oder war es das dritte, sagte sie:

– Wenn du möchtest, lassen wir es wegmachen. Ich will dich nicht auf dem Gewissen haben. Dich und deine Filme. Aber du sollst wissen, daß ich schon einen Namen für ihn ausgesucht habe.

– Es geht nicht darum, was ich möchte, sondern darum, daß es im Moment der einzige Weg ist.

Das hatte er sehr schnell gesagt, in Angst, sie könnte es sich anders überlegen. Er wollte noch etwas sagen, wußte aber nicht, was. Der richtige Zeitpunkt, noch eine Runde zu bestellen.

3. Tee in der Sahara

Die Leute, bei denen sie den Abend verbringen sollten, waren ziemlich unglücklich. Es handelte sich um ein altes Ehepaar, dessen Sohn sich noch vor Vollendung seines dreißigsten Lebensjahrs umgebracht hatte. Er hatte es im Wohnzimmer getan, mit einer Pistole, während sie bei der Arbeit waren. Benjamins Frau, die damals noch ein Mädchen war, sagte, sie seien gute Menschen, aber das Leben hätte ihnen schrecklich mitgespielt. Es wurde nie geklärt, warum ihr einziger Sohn das getan hat.

Als sie die Wohnung im siebzehnten Stock betraten, sagte die fette Frau im geblümten Schlafrock etwas Nettes zu ihnen. Sie faßte dabei Benjamins ausgestreckte Hand mit beiden Händen und gab ihm zwei Küsse auf die Wangen. Er spürte die kalte Feuchtigkeit ihrer Lippen auf seiner Haut. Sie sagte:

– Wir hatten schon Angst, ihr würdet nicht kommen.

– Die Wohnung ist ziemlich hoch oben, sagte Benjamin,

während er dem Mann, dessen Sohn sich umgebracht hatte, die Hand schüttelte. Er wußte nicht, was er ihm sonst sagen sollte.

– Man gewöhnt sich daran, sagte der Mann, als wollte er sich entschuldigen. Am Anfang hat es uns gestört.

Benjamins Frau tauschte gerade Begrüßungsküsse mit ihrer dicken Verwandten. Sie hinterließ Schminkspuren auf deren Gesicht.

– Jessas, sagte sie, ich habe dich ganz verschmiert.

Benjamins Aufmerksamkeit war nicht entgangen, daß seine Frau »Jessas« gesagt hatte. Wer weiß, was das für sie bedeutete. Sie nahm ein Taschentuch und wischte der Frau mit dem Eckzipfel das Gesicht ab.

– Bitte sehr, sagte der Mann, dessen Sohn sich umgebracht hatte, und führte sie in die Küche. Es war eine der typischen Küchen, wie sie in den heimischen Fernsehfilmen gezeigt werden. Die Wände frisch gestrichen, aber völlig nackt. In der Mitte der Küche ein Tisch aus Plexiglas und vier Hocker, ebenfalls aus Plexiglas.

– Nehmt doch Platz, sagte der Mann und wartete, bis sich die beiden hingesetzt hatten. Erst dann setzte er sich vorsichtig und sah sich in der Küche um.

Währenddessen öffnete seine Frau eine Schachtel mit Neapolitanerschnitten, entfernte geschickt das Cellophan und stellte sie mit zurückgeklapptem Deckel auf den Tisch.

– Hier, sagte sie, greift zu, bis ich den Tee fertig habe.

– Und, sagte der Mann, dessen Sohn sich umgebracht hatte, was gibt es Neues?

Er wandte sich an Benjamins Frau.

– Nichts Außergewöhnliches. Man lebt.

– Wie geht es Mama? fragte die Verwandte.

– Gut, sagte Benjamins Frau, sie hat den Pulli fertig.

– Und wie steht er dir?

– Die Ärmel waren zu lang, und sie mußte sie wieder auftrennen.

– So etwas kommt vor, sagte die dicke Frau, das ist immer so am Anfang.

Dabei wandte sie sich Benjamin zu. Der wiederum wußte nicht, was er sagen sollte. Er nickte mit dem Kopf, diese Geste sollte zeigen, daß er einverstanden war.

– Sie sind Regisseur, sagte der Mann, dessen Sohn sich umgebracht hatte, was für Filme machen sie?

– Zur Zeit noch immer Kurzfilme, sagte er. Momentan arbeite ich an einer Koproduktion. Es ist schwer, einen Geldgeber für einen Spielfilm zu finden.

– Wir sehen meistens Serien, sagte der Mann, nicht wahr, Mama? Sie sind zwar blöd, aber unterhaltsam.

– Ich drehe gerade eine solche Serie. Sie wird als Koproduktion gedreht, und dann kaufen unsere Leute sie billig auf.

– Was für einen Tee wollt ihr? fragte die dicke Frau, Hagebutten oder Russischen?

Ihm fiel auf, wie geschickt sie mit den Tassen hantierte. Sie stellte vor jeden von ihnen eine hin und tat ein Stück Zucker hinein. Dann nahm sie das heiße Wasser vom Herd und goß es in die Teekanne aus weißem Porzellan. Es war etwas Unsittliches in der Art, wie sie das tat.

– Russischen, Mama, sagte der Mann, damit wir ihn mit Rum verlängern können.

Gleichzeitig zwinkerte er Benjamin zu.

Während der Mann, dessen Sohn sich umgebracht hatte, die Rumflasche holte, fiel Benjamin ein Buch ein, das die Sitten und Gebräuche der Mauren beschrieb. Dort stand, daß die Mauren den Tee aus wohlriechenden Gräsern zubereiten, um damit den widerlichen Wassergeschmack zu neutralisieren, der durch das Tragen in den Säcken aus Kamelhaut entsteht. In diesem Buch gab es noch viele andere nützliche Informationen: daß Marrakesch hunderttausend Einwohner hat, daß das Klima dort heiß und ungewöhnlich trocken ist, daß die Bewohner der Sahara »blaue Männer« genannt werden, weil sie ihre Kleider mit Indigo färben, daß sie Viehzucht, Handel und Gaunerei betreiben, daß sie niemals nachts heiraten und daß sie die Knaben mit einem goldenen Federmesser beschneiden. Dort stand auch, daß für die Mauren die Distanz eine Art ist, die Zeit zu veranschaulichen. Über diesen Satz hatte er lange nachdenken müssen.

– Ich schenke Ihnen etwas ein, sagte der Mann, dessen Sohn sich umgebracht hatte, das ist 60%iger Rum.

Benjamin zeigte mit Daumen und Zeigefinger, wieviel Rum es sein sollte. Diese Geste war für seinen Vater charakteristisch gewesen, wenn man ihm Wein einschenkte. Es war seltsam, wie er jetzt, nach dem Tod seines Vaters, dessen Gesten und Gewohnheiten übernahm.

Der Mann, dessen Sohn sich umgebracht hatte, nahm Benjamins Geste nicht zur Kenntnis. Er schenkte ein. Inzwischen hatte sich die dicke Frau zu ihnen gesellt. Warum auch immer, aber Benjamin beobachtete, wie sie sich hinsetzte: sie knickte in den Knien ein, begann vorsichtig in die Hocke zu gehen, vielleicht zu vorsichtig, und wurde plötzlich von ihrem Gewicht hinuntergezogen und knallte mit ihrer ganzen Leibesfülle auf den Stuhl.

– Du kannst mir auch etwas Rum geben, Papa, sagte sie und hielt ihm die dampfende Tasse hin.

– Weißt du, Kleines, wandte sie sich wieder Benjamins Frau zu, ich bin zu dick, ich esse aus Nervosität. Der Arzt hat mir gesagt, daß ich abnehmen muß. Ach, zum Teufel, er weiß nicht, daß ich nicht mehr weiterleben möchte.

– Aber an mich denkt sie nicht, sagte der Mann, dessen Sohn sich umgebracht hatte. Da kannst du sicher sein, ich würde mir sofort eine Junge finden, nicht wahr, Mama? Das haben wir abgesprochen.

– Geh zum Teufel, alter Bock, sagte die dicke Frau und klatschte ihm mit der Hand auf den Rücken.

Im Tee, wie ihn die Mauren kochen, gibt es neben dem Tein auch noch andere Substanzen, die eine leicht narkotisierende Wirkung haben. Die Zeremonie des Teetrinkens fängt normalerweise vor dem Abendessen an, wenn der Sand singt und die eisige Hölle des Mondes langsam den Platz der heißen Hölle der Sonne einzunehmen beginnt. Die Oberfläche der grauen Plexiglastischplatte reflektierte ein dumpfes Licht, und Benjamin verspürte den Drang, auf den Balkon hinauszugehen. Draußen verlöschte der Tag. Der rote Schein verlor sich zwischen den Häusern. Von draußen konnte er durch die durchsichtige Membran des Fensters sehen, wie sich die Münder seiner Frau und der alten Leute abwechselnd öffneten und schlossen. Er überlegte, worüber sie jetzt wohl sprachen. Über die Preise, über die Politik oder über die kirchliche Trauung. Ja, wahrscheinlich genau darüber, über die kirchliche Trauung. Er sah, wie seine Frau Bewegungen machte, die Hütchen, Schleier und Kleid vorzaubern sollten.

Später steckte Benjamins Frau ihren Kopf auf den Balkon hinaus.

– Komm rein, sagte sie, wir unterhalten uns gerade sehr gut. Der Onkel macht jetzt eine Flasche Wein auf.

Inzwischen hatte die dicke Frau die Kekse weggeräumt und einen Aufschnitt aus Wurst, Käse und Schinken aufgetischt.

Während sie aßen, machte der Mann, dessen Sohn sich umgebracht hatte, den Wein auf. Einen Postup, den er speziell für diese Gelegenheit aufgehoben hatte. Vorsichtig drehte er die Spirale des Korkenziehers in den Korken und versuchte ihn herauszuziehen. Es ging nicht. Er versuchte es noch einmal. Ohne Erfolg.

– Lassen Sie es mich versuchen, sagte Benjamin und nahm die Flasche in die Hand. Mit einem heftigen Ruck zog er den Korken heraus, der ein eigenartiges quietschendes Geräusch machte. Etwas Wein schwappte dabei auf die weißen Küchenfliesen, wo er einen häßlichen roten Fleck machte.

– Macht nichts, sagte der Mann, dessen Sohn sich umgebracht hatte, meine Frau wird es aufwischen.

Während die Frau den Wein aufwischte, erzählte der Mann von seinem Großvater, der gesagt hatte, daß Kinder eine Geschlechtskrankheit seien, die man vom Bumsen bekomme. Im Bett zog der Großvater eine geölte Fischblase vom Stör über sein Glied. Das hätten sie damals statt eines Präservativs verwendet. Natürlich erfolglos. Seine Großmutter gebar neun Kinder.

– Und was das Wichtigste war, sagte der Mann, sie hat es nie bereut.

– Es hat mich richtig erwischt, sagte die dicke Frau und mühte sich, vom Boden aufzustehen. Wir haben zuviel von diesem Rum hineingetan.

In der Hand hielt sie den weingetränkten Schwamm.

– Man muß immer mehrere Kinder haben, sagte der Mann, dessen Sohn sich umgebracht hatte. Er faßte Benjamin freundschaftlich um die Hüfte.

– Entspann dich, sagte er zu ihm, du wirst uns nicht verletzen. Wir sind nicht so empfindlich. Wenn du möchtest, können wir über ihn sprechen.

– Papa, du hast getrunken, rief die dicke Frau. Hör auf!

– Als es geschah, habe ich das Blut aufgewischt. Die Fugen im Parkett waren schwarz. Alles ging mit dem Schwamm, nur die Fugen, die mußte ich mit dem Zahnstocher.

– Papa, es hilft niemandem, wenn du dich quälst, sagte die dicke Frau und kam näher, um ihn zu umarmen. Sein kleiner Glatzkopf sah in ihrer Umarmung aus wie ein Ball, der sich in den Blumengarten des Nachbarn verirrt hat. Dann sah der Mann einen Augenblick ins Leere, und es entstand ein unangenehmes Schweigen.

– Wir müssen gehen, sagte Benjamins Frau. Sie hielt ihr Täschchen unter dem Arm und war fertig zum Aufbruch.

– Bitte, bleibt, sagte die Dicke, es wird alles wieder in Ordnung kommen. Bis jetzt haben wir seinen Namen noch nie erwähnt. Den Vater hat der Wein erwischt.

Sie setzten sich noch einmal. Der Mann füllte die Gläser, und es schien so, als würde die Stimmung zurückkehren. Plötzlich war der Mann verschwunden und kam mit einer Gitarre zurück.

– Spiel etwas Fröhliches, Papa, sagte die dicke Frau zu ihrem Mann, dann wandte sie sich zu den beiden, früher hat er auf Hochzeiten gespielt.

Benjamin hatte gelesen, daß die Mauren die Schlangen mit der Flöte dressieren. Es kam ihm so vor, als eroberten sie so auch den Raum. Das, was lange her ist, ist weit, das, was jetzt ist, ist hier. Zwischen den Hochhäusern war noch der rote Widerschein der Sonne zu sehen. Dann kam die Zeit des kalten Glanzes der Nacht, und sie saßen in fast völliger Dunkelheit. Er dachte daran, wie sich die Dinge ändern und wie weitreichend die Entscheidung sein würde, die er gerade traf. Vielleicht sollte man das Risiko auf sich nehmen, so wie das einer nach dem anderen auch ihre Freunde getan hatten. Die Geburt einer Entscheidung war wie der Weg in einen unbekannten, aber warmen Raum, den es mutig zu betreten galt.

[DIE FÄLSCHER]

Nein, Oskar! schrie die Frau. Wie oft muß ich dir noch sagen, daß du das nicht tun sollst.

Und dann drehte sie sich zu dir um:

– Entschuldige, sagte sie, ich muß ständig auf ihn aufpassen. Setz dich, trink einen Kaffee!

Du hast nicht gewußt, ob sie das nur aus Höflichkeit sagte oder ob ihnen deine Gesellschaft jetzt wirklich gelegen kam.

– Da, hast du gesagt, ich habe etwas Süßes mitgebracht!

Du hast das in weißes Papier gewickelte Päckchen auf den Tisch gelegt.

– Das sollst du doch nicht, sagte sie. Du hast allerdings gewußt, daß sie schon seit langem keine Schokolade mehr gekostet hatte.

– Ich habe nur Kaffee, sagte sie und ging in die Küche, um ihn zuzubereiten. Du hast dich bequem in den Sessel zurückgelehnt und die Wäsche betrachtet, die in der Mitte des Zimmer zum Trocknen aufgehängt war.

Als sie zurückkam, blieb sie, das Tablett mit der Kaffeekanne und den Tassen in der Hand, stehen. Sie blickte auf die Konfektschachtel, die jetzt offen war. Das weiße Einwickelpapier war zerrissen, und die Schachtel buchstäblich zerfetzt. Die Tassen meldeten klirrend, daß die Hände der Frau angefangen hatten zu zittern.

– Mußtest du sie schon aufmachen? Ihre Stimme klang plötzlich schrill. Seit uns das passiert ist, benimmt er sich seltsam. Alles muß er aufmachen, angucken, zerlegen. Nicht wahr, Oskar?

Er starrte währenddessen aus dem Fenster, sein breiter, mit einem abgewetzten Samtsakko bekleideter Rücken bewegte sich kaum merklich im Takt seines Atems.

– Warum starrst du dauernd aus dem Fenster? sagte sie. Was gibt es dort, was es hier nicht gibt?

Man konnte sehen, daß sie erregt war. Du hast versucht, sie zu beruhigen, damit es vor dir zu keiner Szene käme. Wenigstens nicht vor dir.

– Kann ich dir helfen, hast du gesagt.

– Kannst du so lieb sein und mir den Zucker herunterreichen?

Sie hat dich in die Küche geführt und gesagt:

– Du bist größer, siehst du die Dose auf der Kredenz?

Du hast dich gestreckt, dich auf die Zehenspitzen gestellt und mit Mühe eine alte Blechdose heruntergenommen, auf der LACTOMALT, MADE IN SVERIGE stand. Du hast daran denken müssen, daß es früher bei dir zu Hause auch solche Dosen gegeben hat. Die meisten haben nach Vanille geduftet.

Die Frau nahm die Dose mit beiden Händen, aber anstatt sie zu öffnen, begann sie zu weinen. Zuerst verzogen sich ihre Wangen, als würde sie sich wegen irgend etwas anstrengen, dann kamen Tränen. Das war ziemlich unerwartet. Du hast nicht gewußt, was du tun sollst. Du hast ihre Hände genommen, die die Zuckerdose hielten, und alles zusammen auf den Tisch gelegt. Du hast Angst gehabt, sie würde die Dose fallenlassen und den Zucker verschütten. Die Dinge wären dann, zweifellos, noch schwieriger geworden.

– Ich halte es nicht mehr aus, sagte sie durch die Tränen hindurch, glaube mir, ich bringe mich um, wenn das so weitergeht. Er hat sich völlig in die Rolle eines Kindes versetzt. Sogar Comics liest er. Er hat nie Comics gelesen. Bei dem Wort »Comics« wurde sie wieder vom Weinen überwältigt.

– Es gibt Momente, hast du gesagt, da erscheint alles sinnlos. Aber sehr schnell sorgt das Leben dafür, das alles wieder ins Lot kommt. Er hat einen Schock erlitten, und da ist dieses Verhalten normal. Aber das geht vorbei. Glaube mir, du mußt Geduld haben.

– Aber es dauert schon Monate, sagte sie, er starrt durchs Fenster, er zerlegt Sachen, ich versuche ihn so weit wie möglich vom elektrischen Strom fernzuhalten. Ich kann nicht mehr, ich bräuchte übermenschliche Kräfte.

– Willst du, daß ich mit ihm rede? hast du gesagt, obwohl du nicht gewußt hast, worüber ihr reden solltet. Irgend etwas findet sich schon, hast du gedacht.

– Heheeeeeeeeej! Ich kann euch hööööööören! meldete er sich.

Als du ins Zimmer zurückgekehrt bist, stand er auf der Couch. Seine Pantoffel hingegen standen friedlich nebeneinander auf dem Parkett. Er zuckte mit dem Körper, als wollte er die Federung testen.

– Komm schon, Oskar, hast du gesagt, hör auf, verrückt zu spielen.

– Ich habe euch gehört, sagte er mit einem seltsamen Lachen, euch beide. Ich habe jedes Wort gehört. Du brauchst mir gar nichts zu erklären.

– Es ist an der Zeit, daß du den Dingen endlich ins Auge siehst. Genau das hast du gesagt: den Dingen ins Auge siehst.

– Bilde dir nicht ein, du seist der einzige, dem so etwas passiert ist.

Er hat dich angesehen, als sähe er dein Gesicht zum ersten

Mal. Du hast gedacht, daß es wohl nicht ratsam wäre, ihm den Rücken zuzukehren. Dann stieg er von der Couch, als interessierte sie ihn nicht mehr, und warf sich in den Sessel. Er rieb seine Fersen in den blauen Zwirnstrümpfen aneinander wie ein Kind.

– Zieh die Pantoffel an, du erkältest dich! hast du gesagt. Du wolltest es nicht sagen, aber es ist dir rausgerutscht. Etwas im System der Dinge hat dich gezwungen, dich so zu verhalten. Er fingerte sich eine Zigarette vom Tisch und zündete sie sich geschickt mit dem Damenfeuerzeug an, das auf der Schachtel stand. Er neigte sich zu dir herüber, vermutlich um dir besser in die Augen starren zu können.

– Weißt du, was mir leid tut? sagte er. Daß beide bereits tot waren, als ich es erfuhr. Zuerst sind sie gestorben, und dann habe ich es erfahren. Jetzt gibt es keine Chance mehr, die Sache wieder in Ordnung zu bringen. Nie mehr.

– Oskar, hast du gesagt und ihn dabei durchdringend angesehen, sie sind nicht gestorben. Man hat sie umgebracht. Beide wurden umgebracht.

– Gut. Umgebracht. Das ist jetzt nicht wichtig. Gestorben, umgebracht. Wichtig ist lediglich eines, aber das begreift niemand, daß sich nichts mehr in Ordnung bringen läßt.

Er beugte den Kopf zurück über die Rückenlehne, als strengte er sich an, etwas an der Zimmerdecke zu erkennen.

– Weibiiiiiiiii! kreischte er plötzlich, wenn du deine Augen getrocknet und fertig gepinkelt hast, kannst du dich uns anschließen. Der Kaffee wird kalt.

Die Grimasse des bösen Buben wich nicht aus seinem Gesicht. Doch dann wurde er plötzlich ernst und versuchte dich zu umarmen wie einen alten Freund. Die gerade angezündete Zigarette drückte er im Aschenbecher aus, und es schien, als wäre er bereit, ein Geheimnis zu enthüllen.

– Du armer Kerl, du hast keine Ahnung, was tatsächlich

passiert ist. Was für ein Leben meine Eltern hatten. Eine ganze Ewigkeit lang haben sie an diesem verfluchten Haus gebaut, und jetzt gibt es weder das Haus noch sie mehr.

Er fing deinen besorgten Blick in Richtung Tür auf.

– Laß die dumme Kuh sich ausheulen, wir haben Wichtigeres zu tun, sagte er, ich weiß, was passiert ist. Komm näher! sagte er zu dir, noch näher!

Auf einmal ist dir klargeworden, daß das, was er dir sagen wollte, ein Geheimnis war, du hast erwartet, daß er es dir zuflüstern würde. Doch er pustete dir nur ins Ohr. Er pustete, und wurde vom Lachen überwältigt. Du hast ihn überrascht und wütend angesehen.

– Was ist los mit dir, denkst du, ich bin verrückt geworden, sagte er, du denkst, Oskar ist plemplem. Ich habe dir die größte Wahrheit gesagt, ha, ha, ha, alles ist Luft, Scheiß, nichts. In Wirklichkeit leide ich fürchterlich. Mich quälen all die Dinge, die uns passiert sind.

– Gut, Oskar, hast du gesagt und mit dem Zeigefinger in deinem Ohr herumgestochert, er hatte dich übel vollgepustet, das muß man zugeben. Sag, was dich quält, laß es raus!

Er tat indessen so, als hätte er dich nicht gehört. Er öffnete den Schrank und begann die Sachen herauszuzerren. Endlich beruhigte er sich wieder, nachdem er eine kleine Trommel gefunden hatte.

– Sie gehört meinem Sohn, sagte er, der Kleine ist jetzt bei der Oma. Meine Squaw will nicht, daß der Kleine das Ganze hier mit ansieht. Aber ich frage mich, warum?

Er schlug ein paarmal mit der Hand auf die Trommel, wie es die Schwarzen in den Dokumentarfilmen über Afrika tun.

– Weißt du, was passiert ist? Meinen Alten haben sie einundvierzig zuerst nach Bergen-Belsen verschleppt, und dann nach Buchenwald. Dort haben sie sie hungern lassen, er kam runter auf nur vierzig Kilo. Du mußt dir das einmal vorstellen, vierzig Kilo. Das Komischste an dem Ganzen war, daß die Post funktionierte. Er konnte nach Hause schreiben. In einem Brief erwähnte er die vierzig Kilo und bat seine Mutter, ihm ein Paket zu schicken. Zum Glück dauerte das nicht lange.

Dir ist aufgefallen, daß er seine Pantoffeln noch immer nicht angezogen hatte. Einer der Strümpfe, du hast nicht gewußt welcher, der linke oder der rechte, war heruntergerutscht, und seine Zehen sahen aus wie erschlafft.

– Sie suchten Graphiker, setzte er fort, für eine Arbeit, und mein Alter meldete sich. Von den Deutschen gebraucht zu werden, garantierte eine regelmäßige Suppenmahlzeit. Sie alle, die Graphiker aus Buchenwald, wurden zusammengetrieben und ins Lager Sachsenhausen gebracht. Dort waren die Bedingungen viel besser, wenn du mich verstehst. Sie wurden in einem eigenen Block untergebracht und gut ernährt. Sie hatten sogar Duschen, ich meine richtige Duschen.

– Zieh die Pantoffeln an, hast du gesagt, willst du dir die Blase verkühlen?

Sein Zustand wurde anscheinend ernster. Er war vom Unglück seiner Eltern wie gezeichnet, vielleicht auch, um sein eigenes zu vergessen. Als seine Eltern umgebracht wurden, hatte er nach Deutschland geschrieben, daß man ihm die Rente seines Vaters schicken sollte.

– Weißt du, es gab noch etwas Komisches. Im Lager wurden sie regelmäßig gewogen. Du mußt dir einen Mann von vierzig Kilogramm vorstellen, und dazu eine SS-Krankenschwester, die ihn abwiegt. In diesem Block, wo sie untergebracht waren, befanden sich die Baracken mit den Druckmaschinen. Ein SS-Offizier erklärte ihnen, was sie zu tun hätten. Sie mußten englische Pfund fälschen, die dann so auf den Markt geworfen werden sollten, daß sie die englische Wirtschaft vernichteten. Der Plan unterlag strengster Geheimhaltung. Es war ihnen bei Todesstrafe verboten, mit anderen Lagerinsassen darüber zu sprechen.

Er legte den Finger auf den Mund und machte eine kindliche Bewegung mit den Augen.

– Psst! sagte er, sonst ... Mit dem Zeigfinger fuhr er über seinen Hals, als schnitte er sich den Kopf ab.

– Sie begannen mit der Arbeit, mein Alter und all die Graphiker und ehemaligen Kriminellen, die Fälscher. Es schien alles o.k. zu laufen, bis eines Morgens der SS-Offizier in ihren Block stürmte und sie antreten ließ. Jemand hatte winzige Fehler auf den Banknoten gemacht, die von den Briten entdeckt worden waren. Einer wurde als abschreckendes Beispiel aufgehängt, aber die Sabotage ging weiter. Es wurden weitere aufgehängt, aber die Deutschen konnten die Leute einfach nicht daran hindern, das Projekt zu sabotieren. Nachdem sie genug Leute an den Pfosten und Türstöcken der Baracken aufgehängt hatten, Extra-Galgen wurden dafür keine aufgestellt, begriffen sie, daß sie die Leute nicht umbringen durften, weil sie damit nichts erreichten, sondern daß sie sie kaufen mußten. Das war eine weitreichende Entscheidung.

Du hast gesehen, wie sich in seinen Mundwinkeln der Speichel sammelte. Du hast dich gefragt, ob das wohl mit den Drüsen zusammenhänge, und noch nie war dir so kristallklar geworden, wie sehr der Mensch von der Chemie abhängt. Bei all dem war nicht klar, ob Oskar nun zu sich oder zu dir sprach, oder vielleicht zu seiner Frau, die sich aus einem mysteriösen Grund in der Küche aufhielt.

– Ihnen wurde gesagt, fuhr er fort, daß sie von jetzt an alles Geld, das sie fabrizierten, für sich behalten dürften. Sie bekamen Metallkassen. Sie verwahrten sie unter den Pritschen. Mit diesem Geld konnten sie Sachen kaufen, die ihnen fehlten. Sollten die Banknoten gut sein, sagten die Deutschen, würde diese Praxis fortgesetzt. Zuerst konnten sie Seife kaufen, die sie seit Kriegsbeginn nicht mehr gesehen hatten. Selbstverständlich zu dem enormen Preis von tausend Pfund das Stück. Dann tauchten auch andere Dinge auf. Zum Beispiel Essen. Hauptsächlich Essen. Bayrische Würste, Speck, Margarine, aber auch Rindfleischkonserven, Zwieback. Es kamen auch Briefe, Ansichtskarten mit retuschierten Schwarzwaldfotos, mit den spitzen Türmchen gotischer Städte. Keiner dachte mehr an Sabotage.

– Warum erzählst du mir das, Mann? hast du dich selbst sagen gehört.

Oskars Beine beruhigten sich plötzlich, dieses kindliche Füßescharren hörte auf. Auf einmal hast du in ihm den Menschen wiedererkannt, der er all die Jahre gewesen war.

– Ist es möglich, daß du nichts begriffen hast, sagte er mit fester, männlicher Stimme. Wir waren uns doch immer am nächsten, oder? Sieh dich um!

Du hast dich umgedreht. Die Sessel mit den billigen Überzügen waren noch da, genauso wie der Ständer mit der Wäsche. Dir ist aufgefallen, daß keine Kinderwäsche dabei war. Die üblichen Poster an den Wänden waren dazu da, um den Schmutz und die Risse im Verputz zu überdecken. Alles das hast du auf einmal gesehen, wie auch das Einwickelpapier der Konfekt-Schachtel im Aschenbecher, ein gemütliches Chaos auf dem Tischchen der Sitzgarnitur.

– Weißt du, was dann passierte? Du weißt es nicht. Als der Stacheldraht alle Lagerinsassen zu stören begann, verdeckten sie ihn mit Reklametafeln. So wie heute die Baustellen hinter Reklamewänden für Zigaretten und Alkohol versteckt werden. Die ganze Zeit über lief das Drucken glatt. Bis wieder dieser SS-Offizier auftauchte. Dieses Mal in Zivil. Er sagte ihnen, sie hätten genug Pfund gedruckt und würden von nun an auf Mark übergehen. In der Zwischenzeit waren im Lager Bistros, Restaurants,

Kinos, Turnsäle, Massagesalons eröffnet worden. Seinen ersten Bordellbesuch hat mein Vater sein Lebtag nicht vergessen, immer hat er uns davon geschrieben. Das Lager wurde erweitert, die Kapazität der Druckerei gesteigert, alles veränderte sich. Gerade deshalb wunderte es sie gar nicht, als im Lager plötzlich ein Autogeschäft aufmachte. Auch mein Vater kaufte dort seinen ersten Taunus. Das war ein schönes Deutschland. Eines Tages schrieb der Alte seiner Frau: Liebe M., in diesem Brief schicke ich dir tausend Mark, such dir ein paar Leute zusammen und stell auf unserem Grundstück ein Fundament hin!

Seit diesem Zeitpunkt ging alles Geld fürs Haus drauf. Es mußten Zement, Ziegel, Sand und später Holz, Dachziegel und Balken gekauft werden. Um alles das kümmerte sich Mutter, der Alte schickte nur die Mark. Er war so beschäftigt, daß er nie kam. Er mußte das Geld verdienen für die Fliesenleger, die Maler, die Installateure, die Elektriker. Später kamen die Parkettböden dran, aber er fand nie Zeit, uns zu besuchen. Er kam nicht einmal, als Mama schwanger wurde, damals, noch lange vor dem Parkett, als die erste Decke eingezogen wurde. Er schickte nur einen Tausendmarkschein und ein Foto von sich. Damit mir der Kleine ähnlicher sieht, schrieb er. Hier, alles steht in den Briefen.

Er hat eine Handvoll Briefe und Ansichtskarten vor dir auf den Tisch geschüttet. Auf den glänzenden Städteansichten stand: Gruß aus Deutschland, Urlaubsparadies Schönes Bayern. Auf den Marken prangten Stempel mit den Namen deutscher Städte.

– Meine Frau wird dir sagen, daß ich das alles erfunden habe, flüsterte er, aber wenn du auf sie hörst, erfährst du gar nichts über das Leben. Hier, die Marken sind der Beweis. Beim Vater war alles deutsch. Nimm zum Beispiel mich. Auch ich heiße aus irgendeinem Grund Oskar. Wenn du Lust hast, kannst du einmal darüber schreiben. Jetzt trink deinen Kaffee!

[Alexis Sorbas]

1.

In Amsterdam, Paris oder Rom wirft man den Straßenmusikanten Geld hin, damit sie einen mit überraschenden Melodien beglücken. In Athen bezahlt man sie, damit sie aufhören. Athen ist die Stadt, die nicht nur für die Akropolis und den Gyros, sondern auch für den Verkauf von Stille berühmt ist.

Einer der bekanntesten Händler dieses seltenen Rohstoffs ist der Grieche Sorbas. So nennen ihn alle, weil er, meist früh morgens, mit einem Kassettenrecorder auf der Schulter, aus dem unerträglich laut Sirtaki dröhnt, in den Waggons der Athener U-Bahn auftaucht. Zum Glück dauert die Musik üblicherweise nicht länger als eine Minute. Dann stellt Sorbas den Recorder ab und predigt den Fahrgästen mit ruhiger Stimme, daß er sie, sofern sie sich nicht einer milden Gabe befleißigen, mit lauter Musik bis Piräus begleiten werde. Die Fahrgäste aus den vornehmen Vierteln der hügeligen Stadtteile – und dort fällt Sorbas meistens ein – langen sofort entsetzt nach ihren Portemonnaies.

Man erzählt, daß er sich früher auf der Akropolis mit »Kinderraub« beschäftigt hat, einem unter Bettlern weit verbreiteten Handwerk. Mit einer alten Polaroidkamera um den Hals streunte er durch die Tempel und fotografierte die Kinder von Touristen, denen er dann die Fotos aufzuschwatzen versuchte. Zuvor erläuterte er, daß Athen im Vergleich mit anderen Städten Europas die größte Anzahl von Fällen von Kindesraub habe und daß hier jedes Jahr zwischen neunhundert und tausend Knaben und Mädchen unter sechs Jahren verschwinden würden. Die Eltern fänden nur ein Drittel wieder, die übrigen würden wahrscheinlich in die Türkei und weiter in den Osten verkauft werden. Eben dafür benötigten sie, führte Sorbas weiter aus, eine »frische« Fotografie der Kinder: für Suchanzeigen in den Zeitungen, für Plakate, Privatdetektive. Die Erfahrung habe gezeigt, daß eine Fotografie oft Hoffnung bedeute. An dieser Stelle pflegte der freche Sorbas trotz seines besorgten Tonfalls der entsetzten Mutter zuzuzwinkern und ihr eine farbige Polaroidaufnahme anzubieten, für die er dann fünfhundert Drachmen als Gegenleistung in Empfang nahm.

Zu jener Zeit lag seine Tragödie erst kurze Zeit zurück. Mit Sicherheit weiß man, daß er, bevor er ein Bettler oder (wie die Griechen es nennen) ein Hoplanot wurde, ein erfolgreicher Automobilverkäufer war. Er hatte eine Frau gehabt und eine wunderbare Tochter – so behaupten jedenfalls jene, die ihn aus jener fernen Zeit kennen. Bei einem Verkehrsunfall, den er dem Anschein nach selbst verschuldet hatte, starb seine Frau jedoch noch am Unfallort und seine Tochter wenige Tage danach an Gehirnblutungen. Damals schnappte Sorbas über. Später, als Hunger und Vergessen seine Schmerzen teilweise gelindert hatten, ließ er den Kinderraub bleiben und begann, Stille zu verkaufen.

Man erzählt, man könne ihn jeden Morgen vor der Sophienkirche am Melittentor hingebungsvoll beten sehen. Eingehüllt in alte Fetzen, schlurft er mit einem Schritt einher, der seine gebrochene Seele verrät. Er stellt seinen Recorder behutsam ab und sinkt auf die Knie. Den Blick zum Hauptportal erhoben, betet er lange, bis seine träumerischen Augen zu strahlen beginnen und ein Lächeln über sein Gesicht zieht, als ob er in ein Zauberland eingetreten wäre. Manchmal zeichnet er mit Kreide undeutbare Zeichen auf den Bürgersteig. Und dann blickt er plötzlich hinter sich. Und wenn er sich wieder umdreht, verzerrt sich das Lächeln zu einem Grinsen der Enttäuschung und Verzweiflung. Warum dreht er sich um, fragen sich die Leute, die ihn allmorgendlich in diesem Zustand antreffen.

2.

Während sich über der Stadt ein rosenfarbener Schein als erster Vorbote der Morgendämmerung zeigt, steht Sorbas schon an der Haltestelle O... bereit. Von hier fährt einer der frühesten U-Bahnzüge in die unteren Vororte und nach Piräus im Südwesten der Stadt hinunter.

Er springt in den vorletzten Waggon (immer in denselben Waggon), und die verschlafene Menge, die an der Tür steht, rückt zusammen, um ihn durchzulassen. Doch heute morgen ist etwas anders, als es sein sollte. Er hält einen Augenblick lang inne und versucht, die unheilvolle Anwesenheit der Polizei zu entdekken, die von Zeit zu Zeit ausrückt, um ihm aufzulauern. Aber der Arm des Gesetzes ist nirgends zu sehen. Trotzdem bleibt er entgegen seiner Gewohnheit noch ein wenig stehen. Er mustert einen älteren Herrn mit Bart – wahrscheinlich ein Professor oder Wissenschaftler –, der jeden Morgen mit der U-Bahn fährt. Auch der alte Herr bemerkt Sorbas, und einen Moment lang treffen sich ihre Blicke, dann schaut der Bärtige woanders hin, als hätte er etwas zu verbergen. Er sieht auch eine Frau, von der er überzeugt ist, daß sie nur so tut, als gähnte sie. Sie dehnt ihre Kiefer, so daß sich in ihrem Gesicht ein mittelgroßer Tunnel öffnet, hält sich sogar vorschriftsmäßig die Hand vor, aber ihre Augen bleiben trocken. Gähnen, richtiges Gähnen, erkennt man an den Augen. Und die Augen jener Frau bleiben trocken, ohne jedes Tränchen, und sei es noch so winzig.

Dann dreht er sich um. Ein Mann starrt ihn unverblümt an, als wäre er ein Wundertier. In diesem Blick kann man die Ursache des Staunens allerdings nicht erkennen. Der Mann hat ein dickes Gesicht, er trägt ein Hemd mit Blumenmuster und hält ein angebrochenes Brot und touristische Prospekte in der Hand. Unter seinen behaarten Unterarmen lugt ein Foto des Parthenons hervor.

Nach einiger Zeit entscheidet sich Sorbas doch für einen Standort. Er stellt den Lautstärkeregler ein und dreht das Radio auf. Der Sirtakidonner erfüllt den Waggon. Er läßt sie länger schmoren als sonst, aber der übliche Effekt bleibt aus. Er kann von ihren Gesichtern nicht den gewohnten Ekel ablesen. Zwei Gymnasiasten brechen in Gelächter aus, aber ein älterer Herr zieht sie in eine Ecke des Waggons, wo Sorbas sie nicht mehr sehen kann. Er spielt die Musik bis zur folgenden Station durch, und dann noch bis zur nächsten, und erst dann wird ihm klar, was hier wirklich nicht stimmt. Die Türen dieses Waggons öffnen sich an den Stationen nicht mehr. Niemand steigt aus oder ein. Das sollte einem zu denken geben. Dennoch schaltet er das Radio aus und wendet sich mit seiner üblichen Predigerstimme an das Publikum. Doch niemand zückt seine Brieftasche, niemand zeigt auch nur die geringste Absicht, ihm etwas zu spenden. Sorbas hält seinen Plastikbecher nervös dem Mann neben sich hin und gibt ihm mit dem Kopf ein Zeichen, daß er ihn von Hand zu Hand weiterreichen solle. Selbst jetzt geschieht nichts. Der Becher wandert durch verschiedene Hände, stößt gegen Finger, Armbanduhren und andere Metallteile, aber in seinem Innern klimpert nichts. Sorbas hält die Zeit für gekommen, seine Drohung wahrzumachen. Mit einer Mischung aus Wut und Ekel dreht er die Musik wieder an und spürt, wie seine Schultern von der unerträglichen Vibration zu zittern beginnen.

– Das wird sie schon ernüchtern, denkt er sich, bis Piräus ist es noch ein weiter Weg.

Unterdessen hat sich die Sache kompliziert. Eine Frau mittleren Alters, die ungefähr in der Wagenmitte genau gegenüber dem Platz sitzt, wo Sorbas steht, zieht sich die Schuhe aus. Das Lächeln auf ihrem Gesicht verheißt nichts Gutes. Der Mann im bunten Hemd holt plötzlich ein Bündel von verdächtiger Größe hervor und beginnt es aufzumachen. Der bärtige Herr lächelt mit seinem makellosen Gebiß so breit wie der mythische Zerberus.

Was Mythen betrifft, so hat Sorbas den von Orpheus schon immer für den erschütterndsten gehalten, den des Musikanten und Königssohns, der durch eigene Unachtsamkeit seine Frau gleich zweimal verlor. Zuerst in Wirklichkeit und dann im Traum. Denn was ist der Hades anderes als ein Traum, und auch das, was sich gerade abspielt, kann nur ein Traum sein. Der mit seiner Leier fähig war, die Götter zu rühren, war eigentlich ein Tölpel und naiver Narr. Warum hat er sich umgedreht? Weil er kein Vertrauen zu den Göttern hatte? Weil er zu sich selbst kein Vertrauen hatte? Vielleicht war es auch nur eine Unachtsamkeit. Eine Unachtsamkeit mit tragischen Folgen.

Während Sorbas in der hell erleuchteten Untergrundbahn vor sich hingrübelt, wechselt besagte Frau die Schuhe. Nun hat sie knallrote Schuhe mit einem etwas kleineren Absatz an. Er erinnert sich gut, daß er solche Schuhe in den Mittsiebzigern öfter in den Tanzschulen an der Peripherie von Athen gesehen hat. Die Frau erhebt sich vom Sitz, ihr grünes Kleid fängt plötzlich an über den flammenden Schuhen zu wogen. Sie faßt den alten Professor bei der Hand und beginnt die Knie zu heben. Erst nach einer gewissen Zeit erkennt Sorbas die Tanzschritte des Sirtaki. Die Musik schmettert immer noch von seiner Schulter.

– Die Welt ist ein Chaos, sagt er zu sich. Ein unachtsamer Blick zur Seite genügt, damit eine Tragödie geschieht. Auch er hatte sich damals umgedreht. Ja, er hatte sich umgedreht. Seine Frau und seine Tochter saßen auf dem Rücksitz. Das Mädchen hatte zu weinen begonnen, er hatte sich umgedreht ... Das war auf der Autobahn zwischen Kephisto und Khalandrion gewesen. Plötzlich sind da noch mehr Leute, die tanzen. Sie haben einander die Hände von hinten auf die Schultern gelegt und tanzen im Kreis. Der Tourist im blumengemusterten Hemd hat endlich sein Bündel aufgenestelt und zieht Tonteller heraus. Den ersten knallt er an einer Haltestelle genau in die Mitte des Kreises auf den Boden. Das Zerspringen des Tellers wird von Höllengeschrei begleitet. Sorbas sieht, wie die Menschen in den Stationen verwundert in den geschlossenen Waggon starren, aus dem die Musik dröhnt. Drinnen herrscht, das muß man zugeben, gute Stimmung. Erst jetzt nimmt Sorbas von irgendwoher ein starkes Licht wahr, ein Licht, das sich an Stärke sogar mit dem der Sonne messen kann.

3.

Der Mann, der das Licht hält, wechselt ständig die Stellung. Ihm gegenüber steht ein Mann, der eine Fernsehkamera hält. Auf einmal taucht da auch eine junge Frau mit einem Mikrofon auf. Sie befragt die Leute.

– Wie gefällt es Ihnen? fragt sie, oder: Das ist wirklich was, nicht wahr?

Sie hat Charme. Als sie zu Sorbas kommt, bleibt sie stehen und gibt dem Kameramann ein Zeichen, sie beide im Bild einzufangen.

– Sie sind der Hauptheld dieser Sendung, sagt sie, bitte, seien

Sie so liebenswürdig und sagen Sie uns, wie lange Sie schon Stille verkaufen.

– Ich weiß nicht, sagt Sorbas. Er ist verlegen. Jetzt wendet sie sich zur Kamera.

– Verehrte Hörer und Seher des Tourismusmagazins, wir melden uns von einem ungewöhnlichen Ort, aus einem Waggon der Untergrundbahn. Wie Sie sehen, herrscht hier gute Stimmung, alle amüsieren sich ...

Sorbas hört ganz deutlich jedes Wort, während sie in ihr längliches Ding spricht. Sie erwähnt die Athener Tradition, die Originale, eine nicht alltägliche Mentalität, und dann wendet sie sich ihm als dem bekanntesten Verkäufer von Stille wieder zu: Herr Sorbas, werden Sie nicht böse, wenn ich Sie so nenne, Sie arbeiten schon jahrelang ausschließlich in der Untergrundbahn. Was ist der Grund dafür?

– Ich weiß nicht. Es gefällt mir, sagt Sorbas.

– Nehmt ihm den Recorder von der Schulter! ruft die junge Frau einem in der Nähe stehenden Mann im blauen Overall zu. So landet Sorbas' Instrument auf einem Sitz, von wo es weiterhin lautstarke Sirtakimusik verströmt.

– Nun, unter uns ist auch der Präsident des Athener Tourismusverbandes. Guten Tag, Herr Präsident.

– Schönen guten Tag und einen Gruß an unsere werten Zuseher, sagt der Präsident des Tourismusverbandes.

– Wie ich sehe, haben Sie für Herrn Sorbas auch eine kleine Überraschung vorbereitet.

– So ist es. Unserem bekanntesten Hoplanot, einer Stadtlegende, verleiht der Tourismusverband eine Plakette und ein kleines Geschenk.

Der Präsident reicht Sorbas eine silberne Plakette mit einem Relief der Akropolis sowie fünf der bekanntesten Sirtakikassetten.

– Geben Sie zu, daß wir Sie überrascht haben, Herr Sorbas, lächelt der Präsident, wie fühlen Sie sich?

– Beschissen! sagt Sorbas. Alle brechen in Gelächter aus.

Hier schaltet sich die Moderatorin wieder ein.

– Jeden Morgen haben Sie die Fahrgäste auf dieser Linie mit ihrer Musik unterhalten.

Im Publikum macht sich wieder Gelächter breit. Es klingt wie in einer englischen Sitcom. Die Moderatorin fährt fort:

– Darum haben die Fahrgäste vereinbart, Ihnen einen Wunsch zu erfüllen. Sie können sich hier und jetzt, vor unserer Kamera, etwas Schönes wünschen, und wir werden uns alle gemeinsam bemühen, damit Sie das auch bekommen.

Sorbas denkt für einen seligen Moment lang, daß dies wirklich etwas Großes sei. Er schließt die Augen, die Geschenke des Tourismusverbandes noch immer in Händen haltend, und versucht sich zu konzentrieren. Er versucht sich vorzustellen, daß sie wieder hinter ihm sitzen. Es ist ein herrliches Gefühl. Er kann ihren Atem spüren. Manchmal gelingt es ihm. Sich die Dinge vorzustellen. In den Jahren des Mangels und der Armut hat er beispielsweise gelernt, assoziativ zu essen. Es genügt, in eine Zwiebel zu beißen, und er schmeckt das Lammfleisch; es genügt, am Senf zu lecken, und er kann sich die Würstchen vorstellen. Das Sichvorstellen ist ihm schon immer leicht gefallen.

Und dann dreht er sich um!

Doch hinter ihm ist nur das Gesicht mit dem Mikrofon.

– Aber Herr Sorbas, sagt dieses Gesicht, drehen Sie sich bitte zur Kamera. Sagen Sie uns, was Sie sich wünschen. Ich darf noch einmal darauf hinweisen, daß der Tourismusverband und die Fahrgäste hier sich um jeden Ihrer Wünsche kümmern werden. Ein Wintermantel, ein neuer Recorder, Schuhe. Schuhe sind doch sicher eine gute Idee. Vielleicht eine Armbanduhr? Doch Sorbas kann seine Enttäuschung nicht verbergen.

– Cremeschnitte mit Scheiße, sagt er herausfordernd, und sein Blick wandert über Kameramann, Moderatorin, Direktor des Tourismusverbandes und Tänzer, Tellerwerfer, Frau mit Flammenschuhen, über sie alle hin. Dann stellt er die Geschenke des Tourismusverbandes auf den Boden. Genau so, er »stellt« sie ab und ist mit zwei Schritten bei seinem Instrument. Heftig und frech unterbricht er die Musik. Eine Wahnsinnsstille breitet sich aus. Jene, die gerade noch getanzt haben, halten in der Bewegung inne, wie beim Figurenwerfen. Die Gläser bleiben auf halbem Weg zu den Lippen stehen, die Wörter kriechen zurück in die Kehlen.

Aus seinem schmutzigen Mantel kramt er ein kleines Stück Kreide hervor und kritzelt auf den Boden des Waggons: AND THE REST IS SILENCE.

Er nimmt sein Instrument, zieht die Notbremse und verläßt den Waggon. Ohne sich umzudrehen.

[Die Geschichte der Dame für vorher]

1. Das Konzil

Im Jahre des Herrn 1978, am 13. Tag des Monats Juli, traten die ehrenwerten Franziskanerbrüder des Klosters der hl. Euphemia auf Rab zusammen, um vor seiner Eminenz, dem Erzbischof der Diözese Rijeka-Senj, Monsignore Jakov, eine der Grundfragen des Dogmas zu erörtern: TUT DICKSEIN WEH?

Der Tisch vor ihnen bog sich vor lauter guten Sachen: Minestrone im Römertopf, gefüllter Kapaun, Rehbraten nach Jägerart, luftgetrockneter Schinken, Johannisbrotkuchen und noch eine Fülle der allerköstlichsten Speisen. Ihre Diskussion begossen sie mit dem berühmten Vugava von der Insel Vis, einem »Wein, der Tote auferstehen läßt«, wie es der Guardian gern formulierte, der auch sonst ein Verfechter derartiger Auferstehungen und ein bekannter Weinbauer war.

– Euer Eminenz, sagte Bruder Jeronim und wandte sich dem Bischof zu, wir haben von mehreren Seiten gehört, daß Dicksein weh tut. Das ist, wenn man es genau nimmt, auch logisch in Hinblick auf den Bau unseres körperlichen Ichs. Ein Zahn tut weh, wenn er geschwollen ist, ein Geschwür tut weh zur Zeit seines Expandierens, also seines Anschwellens, das Gewebe duldet keinen Druck.

– Mein Sohn, sagte der Bischof milde, die Umgangssprache kennt noch ein anderes Wort für jene merkwürdigen Schmerzen, die nicht die Folge irgendwelcher organischen Störungen sind, sondern ein Schmerz, also ein Schmerz, der für immer außerhalb der Jurisdiktion ärztlicher Diagnose bleiben wird. Wir sprechen hier vom seelischen Weh, vom menschlichen Geist, wenn ihr wollt. Im Dicksein ist alles enthalten, was Jesus nicht geliebt hat.

Auch Fra Ambrosius Testen, zweifellos der berühmteste Gouachemaler in der Franziskanerwelt, leistete seinen Beitrag zur Diskussion:

– Stellen wir uns einmal vor, sagte Ambrosius Testen, ich würde auf einmal dicke Jesusse malen. Ein dicker Jesus hat etwas ausgesprochen Gotteslästerliches an sich, was unerträglich wäre. Für mich stimmt der Leib des Menschensohns mit den Balken des Kreuzes überein. Ich weiß, daß das Dicksein jahrhundertelang Gegenstand, wenn nicht der Verehrung, so doch gutmütiger Duldung war. Manche Epochen sehen im Dicksein ein Schönheitsideal. Wie anders soll man den berühmten Rubens-Satz deuten: »Eine Frau kann nicht dick genug sein.« Ich stehe allerdings auf dem Standpunkt, daß solche Äußerungen unakzeptabel sind.

– Bruder Ambrosius, Dicksein ist eine Krankheit, und alle Krankheiten gleichen insofern der Sünde, als sie Transzendenzen sind. Aber wollen wir die Kranken mit den Sündern gleichsetzen? Außerdem lehren die alten Gnostiker wie Karpokrates aus Alexandrien und Basilis aus Syrien, daß sich die göttliche Form des menschlichen Körpers weder im Knöchernen noch im Herzeigen der Rippen spiegelt, sondern im Gegenteil in dem lobenswerten Versuch, den menschlichen Körper der vollkommensten aller Formen anzunähern, der Kugel. Dicksein wird somit als eine der Möglichkeiten der mystischen Suche nach dem Vollkommenen angesehen.

– Alle Krankheiten gleichen der Sünde darein, daß sie Transzendenzen sind. Eure Eminenz geruhte, diesen berühmten Gedanken des Novalis zu zitieren. Doch lassen wir jetzt Novalis und die Gnostiker. Kehren wir zu unseren alten Meistern zurück. Ich biete dieses Rehschnitzel demjenigen, der mir hier in der Bibliothek auch nur eine Reproduktion eines wohlbeleibten Jesus findet.

– Und doch, Bruder Ambrosius, ließ sich der Bischof vernehmen, man kann unmöglich leugnen, daß viele Generationen bei uns im Dicksein den materiellen Beweis geistiger Fülle gesehen haben. Behalte dein Schnitzel, denn du hast dich, wie die Gestalten auf deinen Bildern, in dich selbst zurückgezogen wie ein biblischer Eremit. Natürlich werden wir keinen dicken Jesus finden. Mein Gott, es wäre ja geradezu verrückt, wenn wir irgendwo wirklich einen fänden. Trotzdem, sage ich, finden wir im Barock pummelige Engel. Das Dicke ist also gar nicht so weit weg vom Heiligen, beide verbinden sich in jenen Momenten miteinander, in denen es uns gelingt, diese rundlichen Formen fundamentalen christlichen Apotheosen zuzuordnen.

– Euer Eminenz, ich möchte, meldete sich Bruder Jeronim, noch einmal auf die Kugelform zurückkommen. Eine Form, wie sie, durch den Willen Gottes, die Himmelskörper haben, eine Form, die für uns Sterbliche die einzig vollkommene ist. Was aber ist Vollkommenheit anderes als Gott?

– Diese Diskussion, sagte Testen, erinnert mich an antike Diskussionen über die Symmetrie. Sie läßt sich in jeglicher Hinsicht vollständig relativieren. Die Vollkommenheit der Kugel ist jene Vollkommenheit, die wir durch Wissen erlangen, durch Epistēmē, während die Vollkommenheit Gottes etwas ist, was sich durch Wissen nicht erlangen läßt. Um die Vollkommenheit der Kugel zu begreifen, bedarf es der Physik. Die Frage ist, können wir mit Hilfe der Physik zu Gott gelangen? Welche Physik ist das, die uns zu Gott führt?

– Die Metaphysik des Bruder Ambrosius, lächelte Jeronim in seiner dümmlichen Überheblichkeit.

– Du hast gesagt: ein Schnitzel für denjenigen, der dir einen dicken Jesus zeigt, sagte der Guardian, sich ungeschickt und offensichtlich angetrunken erhebend.

Für einen Moment verschwand er und kehrte gleich darauf mit einer großen Malermappe unter dem Arm zurück. Testen erbleichte. Etwas Seltsames ging mit seinem Gesicht vor.

– Wo hast Du das gefunden?

– In Deiner Zelle. Jetzt werden wir ja sehen, was Du gezeichnet hast.

– Gib mir das zurück! schrie Testen und sprang auf ihn zu.

Der Guardian indes warf die Mappe mit einer geschickten Bewegung, vielleicht sogar allzu geschickt für einen Betrunkenen, dem Mitbruder Jeronim zu.

– Wollen wir nicht einmal sehen, was wir hier haben? sagte Jeronim affektiert, mit weibischer Stimme, und zog die Schleife an der Mappe auf.

– Ihr habt kein Recht dazu, jammerte Testen. Das sind meine Privatsachen.

– Gott sieht alles, sagte der Guardian und näherte seine Lippen dem Glas Vugava, darauf trinke ich.

In der Zwischenzeit hatte Jeronim die Mappe aufgeschlagen und begonnen, die Zeichnungen zu studieren. Was ist das? fragte er verblüfft.

– Laß mich sehen! sagte der Bischof ungeduldig und griff nach den Bildern, die der junge Jeronim in Händen hielt. Aktbilder! entfuhr es ihm, das sind ja Aktbilder.

– Ohoho, meldete sich der Guardian, unser Bruder hat nackte Frauen gemalt.

– O Gott, wie ist die dick! sagte der Bischof, sie scheinen alle dick zu sein.

– Das ist immer dieselbe Frau, sagte Testen gebrochen. Akte sind genauso Kunst wie sakrale Malerei.

– Hast du sie aus dem Kopf so gemalt, meldete sich Jeronim, oder hat sie dir Modell gesessen?

– Das ist eine ganz konkrete Frau, sagte Testen. Und zwar eine sehr unglückliche.

– Das heißt, sie hat dir gesessen, sagte der Bischof.

– Ich wollte zeigen, daß auch Mißgestalt Schönheit in sich birgt.

– Und warum hast du das nicht sofort zugegeben, sondern zugelassen, daß wir dich bei einer Lüge ertappen? fragte der Bischof.

– Er lügt wie immer, sagte Jeronim. Auch wenn er Jesus zeichnet, lügt er. Welcher normale Mensch stellt sich den Erlöser so vor.

– Sag uns, wer ist diese Frau? sagte der Guardian.

– Das ist die Dame für vorher, begann Testen mit tonloser Stimme. Ich war ihr Beichtvater und Freund. Sie hat zu mir von ihren Leiden gesprochen.

Und dann erzählte er den Brüdern folgende Geschichte:

2. Das Leben der Dame für vorher

Die Dame für vorher wohnte in einem der verrußten mehrstökkigen Häuser beim Bahnhof, an dessen Ostseite eine sehr schöne Reklametafel für Antikorrosionsschutz angebracht ist. An ihrer Wohnungstür steht: SARA KOTTEK, was deutlich ihre jüdische Herkunft bezeugt. Unterhalb des in zierlichen Lettern auf eine Metalltafel gravierten Namens hat jemand mit Spray hinzugefügt: FOTOMODELL. Eine ziemlich böswillige Bemerkung, wenn man berücksichtigt, daß Frau Kottek mehr als hundert Kilo hatte und die Tür zu ihrer Wohnung seitlich passieren mußte. Trotzdem entsprach es der Wahrheit. In der Werbeagentur BELLA VISTA war Frau Kottek als Dame für vorher angestellt. Besagte Agentur beschäftigt sich mit dem Kreieren von Zeitungsanzeigen für Hersteller von Schlankheitspillen und veröffentlicht das Foto der Frau Kottek, wie sie als traurige Gestalt im Bikini auf einer Viehwaage steht, gewöhnlich mit der Überschrift VORHER. Neben dem Foto besagter Frau im viel zu engen Bikini wird auch ein zweites Foto gezeigt mit der Überschrift NACHHER; auf diesem Foto ist eine andere Frau zu sehen, die eine gewisse Ähnlichkeit mit Frau Kottek aufweist und die in der Agentur den Kosenamen Dame für nachher trägt. Die Frau für nachher ist hübsch, hat eine schlanke Taille, der Bikini paßt ihr perfekt, und ihr Gesicht ist zu einem Lächeln des Optimismus und der Hoffnung verzogen. Unter den beiden Fotos steht:

VAMOGEL – DRAGEES ZUM ABNEHMEN
WIRKSAM – NATÜRLICH – GESUND

Obwohl ihre Fotos jeden Tag in der Zeitung erscheinen, kennen sich die Dame für vorher und die Dame für nachher nicht, sie sind einander nie begegnet. Hervorzuheben ist, daß die Dame für vorher nicht immer über hundert Kilo wog. Vor einigen Jahren war sie eine ganz normale Frau. Sie hatte ein schönes Gesicht, einen etwas fülligeren Körper und viele Illusionen. Sie heiratete einen Geologen.

Schon wenige Monate nach der Hochzeit hatte sie das ganze Unheil dieser Heirat begriffen. Ihr junger Mann verbrachte mehr Zeit im Gelände auf Ölsuche als im ehelichen Schlafgemach. Die bunten Steine, die er mitbrachte, waren absolut kein Trost. Die Frau für vorher begriff rasch, daß sie den Trost woanders suchen mußte. Der Trost hieß zuerst Nikos, Student der Körperkultur aus Griechenland; spätere Inhaber des Trösterstatus waren Niko,

Armin, Slavko, Ivan, Lino, Pjetro, Stanko ... alles Burschen aus der Studentenmensa, in der sie arbeitete ... an deren muskulöse junge Körper sie sich vor dem Schlafengehen erinnerte. Eines Tages packte ihr Mann seine Koffer und verschwand. Die ganze Zeit hatte der Kerl nach Öl gesucht, und endlich hatte er eine Geologin gefunden, deren Haar von der Farbe des schwarzen Goldes war und deren Augen in den Grüntönen des Malachits schimmerten.

Die Dame für vorher war schwanger. Ihren Sohn mußte sie allerdings allein aufziehen. Sie nannte ihn Dantès, nach der Hauptfigur aus dem Roman über den Grafen von Monte Christo. Das Leben der Dame für vorher wurde bejammernswert eintönig. Das Küchenfenster ihrer Einzimmerwohnung sah nach Westen. Abends, wenn sie ihre hausfraulichen Tätigkeiten beendet hatte, konnte man sie in dieser Küche am Tisch sitzen sehen, beschienen vom Rotgelb des Sonnenuntergangs und beschäftigt mit der lehrreichen Lektüre von Frauenzeitschriften. Besonders gern hatte sie psychologische Tests vom Typ: »Sie sitzen mit ihrem Partner in einem diskreten Restaurant bei einem romantischen Abendessen. Plötzlich läßt der Mann am Nebentisch laut einen fahren, was Ihr Partner wie folgt kommentiert:

a) Rücksichtsloses Schwein, sieht er denn nicht, daß wir essen?

b) Armer Kerl, er ist taub und weiß nicht was er tut!

c) Morgenstund hat Gold im Mund!«

Sie verschlang buchstäblich die ausführlichen Schlußerläuterungen über die Typen von Männern, die zu den verschiedenen Antworten fähig waren, und die spärlichen konkreten Anleitungen für den Umgang mit ihnen.

Doch dann entdeckte sie eine bittere Lebenswahrheit, die sich hinter folgender Werbeparole verbarg:

NOCH SÜSSER ALS IHR LETZTER FLIRT
MIT KRAŠ-BONBONS DAS LEBEN WIRD!

Außer Bonbons entdeckte sie noch Neapolitanerschnitten, Waffeln, Kekse, Schokolade, Zuckertafeln, Fruchtwürfel, Marzipan, Rosenkonfekt, kandierte Früchte, Bananen mit Schoko-Überzug, Lebkuchen, Schmalzkrapfen, Kastanienpüree, Puddings, Eis, Kompotte, Auflaufe, Hefeteige, Torten, Baklava, Cremeschnitten und Türkischen Honig ... Einmal, als sie gerade damit beschäftigt war, Nußmelasse für Frühlingsschnitten zu zerlassen, kam ein Telegramm aus dem Krankenhaus Maria Herz: »Ihr Sohn ist gestorben. Kommen Sie sofort! Aufrichtiges Beileid.« Ihr Einziger, ihr Dantès, litt seit frühester Jugend an der Zuckerkrankheit. Mit zehn Jahren konnte er sich schon selbst Insulinspritzen geben. Das Problem dabei war, daß das Niveau des Blutzuckers nach der Injektion manchmal unter die erlaubten Werte fiel und die Gefahr eines hyperglykämischen Komas bestand. Deshalb hatte er immer ein Stückchen Schokolade in der Tasche und um den Hals einen kleinen Karton, auf dem stand: »Ich bin zuckerkrank. Wenn ich ins Koma falle, geben Sie mir die Schokolade aus meiner Tasche.« An diesem Tag hatte er die Süßigkeit vergessen, und so entführte ihn der Tod im Schlaf.

Nach dem Tode ihres Sohnes stieg die Bedeutung der Schokolade im Leben der Dame für vorher ins Enorme. Zusammen mit den Kilos, die sich mehrten. Sie wußte, daß in Amerika die Leute mit elektrischem Strom vom Dicksein geheilt werden, aber Amerika war weit und ihr Wille schwach. So brachte sie es allmählich auf ihr »Mannequingewicht« von einhundertzwanzig Kilo.

3. Dolce vita

Die Tätigkeit als »Mannequin« bescherte der Dame für vorher eine sichere Existenz. Mit der Zeit wurden die Tränen weniger und das Geld mehr. Das Glück war zwar immer noch weit entfernt, aber die Tage boten jetzt eine gewisse Befriedigung. Einmal meldete sie sich auf eine Annonce in der Rubrik Kontakte: Charmanter Herr mittleren Alters bittet fülligere Damen, sich zum Zwecke der Geselligkeit und schöner gemeinsamer Augenblicke zu melden.

Das sah aus wie eine Gelegenheit zum Glück, aber es stellte sich heraus, daß besagter Herr Fotograf war und pornografische Aufnahmen mit enorm dicken Frauen machte.

In der Agentur wurde sie manchmal auch zu anderen Werbeaufnahmen herangezogen. Die Schokolade-, Keks- und Waffelfabrik zum Beispiel hatte sich für einen Reklamespot mit Frau Kottek in der Hauptrolle entschlossen. Der Spot war eine Parodie auf den Trend zum gesunden Leben. Er zeigte eine Frau im Bikini, die am Strand liegt, als von irgendwoher ein athletisch gebauter Schönling mit kupferner Hautfarbe erscheint und ihr eine Tafel Schokolade mit dem idyllischen Namen »Kavalier« überreicht. Sie wickelt sie begehrlich aus, führt sie an die Lippen und beißt mit geschlossenen Augen hinein. Bezaubert. Die folgende Einstellung zeigt ihr Gesicht in Großaufnahme, das mehrstöckige Unterkinn, die verschmierten Lippen, wie die eines Kindes, das eine himmlische Süßigkeit kaut. Das Bild bleibt stehen, und ein Untertitel erscheint:

UNGESUND, DOCH GUT UND RUND!

Die Aufnahmen dauerten zwei Tage. Zwei zauberhafte Tage unter schönen, braungebrannten Menschen. Alle im Team waren liebenswürdig und charmant, und einige waren auch ein wenig schräg. Eine Grenze zwischen schön und häßlich gab es nicht. Der kupferfarbene Schönling sprach mit ihr wie mit einem normalen Menschen, machte Späße, einmal legte er sogar die Hand auf ihr Knie. Es war der Jahrestag des Todes ihres Sohnes. Sie hatte ihn vergessen. Genaugenommen erinnerte sie sich erst gegen Abend daran, als die Aufnahmen im Kasten waren. Das war an dem idyllischen Sandstrand mit den Palmen, in der Nähe des Luxushotels. Im Sonnenuntergang hatten die Körper am Strand, der Sand und die Bäume die seltsame Farbe von Orangenschalen angenommen. Sie sahen aus, als betrachtete man sie durch einen Kamerafilter. In diesem Bild, zwischen den nackten Körpern, war plötzlich ein Mensch in der langen braunen Kutte der Franziskaner aufgetaucht. Er war mit einem Strick gegürtet und trug einen großem Zeichenblock unter der Achsel.

– Gelobt sei Jesus, Hochwürden, sagte sie.

– In Ewigkeit, Amen, antwortete er.

So hatte sie Bruder Ambrosius Testen kennengelernt. Sie sprachen miteinander und freundeten sich an. Sie erinnerte sich ihres Sohnes und weinte ein bißchen, während Testen zu ihr von den Tröstungen der Ewigkeit sprach. Seither verbrachte sie jeden Sommer auf Rab. Sie genoß die einsamen Spaziergänge am nächtlichen Ufer und kaufte Kleinigkeiten im Souvenirladen. Abends saß sie auf der Terrasse des Hotel Imperial und sah zu, wie mittelalterliche Italiener junge deutsche Frauen anmachten.

4. Angelo

Eines Abends Anfang September, als die Nachsaison die Terrasse des Hotel Imperial angenehm geleert hatte und in der Luft die aromatische Melancholie des ausklingenden Sommers zu spüren war, kniete vor ihrem Tisch ein hübscher Italiener: Angelo. Er jaulte die Melodie einer sentimentalen Barkarole, und die ganze Terrasse begleitete ihn mit Gelächter. Mehrstimmig. Die winzig kleinen Verführerfinger legten sich in ihre fleischige Handfläche, und gemeinsam gingen sie zum Podium, um zu tanzen. Ringsum Pinienduft und leichte Musik: ein exzellenter Moment, um über den Sinn des Lebens nachzudenken. Angelo machte daraus einen Witz, um das Publikum zu unterhalten, doch sie war sich dessen bewußt, daß dies die einzige Möglichkeit war, einen männlichen Körper neben sich zu spüren. Ihre Körper rieben sich aneinander, Angelo drängte sein Knabenknie zwischen ihre Stampfer, und sie konnte etwas fühlen, das den Anschein einer Erektion machte.

– Hat er tatsächlich einen Steifen gekriegt, fragte sie sich, als er sie zum Tisch zurückbegleitet hatte. Ist das wirklich möglich? Darüber mußte sie den ganzen Abend nachdenken.

Und dann, gegen Ende, das Orchester spielte schon die Abschiedsmelodie, tauchte plötzlich Bruder Ambrosius Testen in seiner braunen Franziskanerkutte vor ihrem Tisch auf. Er sah seltsam aus, derart umkreist von einem Haufen entsetzter Touristen.

– Ich bin gekommen, um Sie aus der Hölle zu holen, sagte er. Ich möchte Ihr Martyrium malen.

Er faßte sie unter dem Arm und half ihr aufzustehen.

– Wohin gehen wir? jammerte sie. Angelo hat gerade einen Steifen gekriegt. Ich konnte es fühlen, Hochwürden, durch die Hose.

– Er hat keinen Steifen gekriegt, sagte Bruder Testen nachsichtig. In dieser Welt geschehen keine Wunder. Er trägt eine Stange Dynamit in der Tasche, denn er ist ein Terrorist. Brigate rosse.

Das war in dem Jahr, als durch eine Bombe auf dem Bahnhof von Bologna achtzig Menschen ums Leben gekommen waren. Sie kamen zum Kloster, das sich am Ende der St.-Euphemia-Bucht befand. Seine Mauern wirkten altertümlich und fest. Unendlich fest. Als sie in der Bibliothek angekommen waren, schaltete Testen zwei Fotoscheinwerfer an. Hier befand sich auch sein berühmter Arbeitstisch – eine einfache wackelige Konstruktion aus Tannenholz –, dessen Platte von Tuschfarben und unartikulierten Bildüberresten verschmiert war.

– Das ist mein Lebenswerk, sagte er und zeigte auf die Platte, ich arbeite mein ganzes Leben lang daran, es verdankt sich nur dem Zufall, und es wird fertig sein, wenn ich sterbe. In der Zwischenzeit besah sich die Dame seine wirklichen Bilder, die an den freien Wänden der Bibliothek hingen oder an die Bücherregale gelehnt waren. Die meisten stellten die Kreuzigung dar: Christi Leiden in den verschiedensten Farben, in einem Spektrum von Grau bis Karminrot, mit einer wechselnden Anzahl von Figuren, die das Evangelium in dieser Szene erlaubt.

– Vergessen Sie den Körper! sagte Testen. Er ist ein Arsenal des Schmerzes.

Zuerst machte er ein paar Skizzen. Die Dame für vorher räkelte sich auf dem Bänkchen vor ihm und zerschlug mit ihrem knallroten Kleid die Harmonie der natürlichen Farben in der Bibliothek: braun, ocker und beige. Die Farben von Erde, Holz und Haut.

– Es ist besser, wenn Sie das Kleid ausziehen!

– Wie bitte? murmelte sie verblüfft.

Ruhig legte Testen sein Werkzeug beiseite und trat hinter ihren Rücken. Mit der gebotenen Zurückhaltung öffneten seine Hände den Reißverschluß an ihrem Kleid, ohne ihre nackte Haut auch nur im geringsten zu berühren.

– Sie werden sehen, daß es gar nicht so schrecklich ist!

Das erste, was sie fühlte, nachdem sie sich entkleidet hatte, war ein angenehmer Hauch, der zwischen den Bücherregalen wehte und ihr eine leichte Gänsehaut machte. Sie war es schon gewohnt, halbnackt vor den unterschiedlichsten Leuten zu stehen, aber dies hier war etwas, was sie bisher nicht erlebt hatte. Das Gefühl, sich in einem Kloster zu befinden, der Patinageruch der Bücher, und dann die heiligen Bilder an den Wänden, all das erweckte Emotionen, die bisher tief verborgen gewesen waren.

– Hochwürden, ist es wirklich angebracht, daß ich hier so nackt ...?

– Die Brüder schlafen, sagte Testen beruhigend, und Gott versteht.

An diesem Abend machte Testen an die zwanzig Gouachen, die seiner Überzeugung nach das beste waren, was er bisher gemalt hatte. Der rosige Streifen über der Halbinsel Frkanj kündigte das Morgenrot an, und sie beide, der kleine Frater und die dicke Frau, waren noch immer da. Bei Sonnenaufgang geschah etwas Ungewöhnliches. Sie begann auf ihrer Haut, auf den Speckwülsten, Testens Pinselstriche zu fühlen. Jede Bewegung des Pinsels auf dem Papier fühlte sie zuerst in Form eines kaum wahrnehmbaren Kitzelns, und dann schien es ihr, als versuchte etwas Unsichtbares, etwas Unbestimmtes, sie in diese Berührung zu kleiden: als würde sie neu erschaffen. Ein einzelner orangefarbener Sonnenstrahl bohrte sich durchs Fenster und ließ auf seinem Weg das Zittern der Staubkörner erkennen, den unendlichen planktonalen Reichtum der gewöhnlichen Luft. So erlebte die Dame für vorher ein Wunder.

– Ich fühle mich, als hätte ich unbefleckt empfangen! sagte sie zum Frater, als er mit dem Malen fertig war. In ihrem Leib war etwas in Gang geraten, und alle Möglichkeiten waren auf einmal offen: sie wünschte sich, die Zeitungsfotos möchten endlich Wirklichkeit werden.

Die Sonne stand schon ziemlich hoch, als am Ufer, irgendwo unter ihnen, eine dumpfe Explosion widerhallte.

– Da, hören Sie! sagte Testen, Angelo und seine Kameraden fischen Meeräschen mit Dynamit.

Diese Explosion war wie der Punkt unter einem seltsamen Vertrag.

5. Epilog

Alles das hatte die Dame für vorher Ambrosius Testen im Laufe der Zeit erzählt, denn sie kam weiterhin ins Kloster, um ihm zu sitzen oder um sich seine neuen Bilder anzusehen, und sie legte während ihrer langen Gespräche auch eine Beichte ab. Jetzt erhob sich Ambrosius Testen langsam vom Tisch und schlurfte mit dem Gang eines gebrochenen Menschen seiner Zelle zu. Die Brüder am Tisch wußten nicht, was das zu bedeuten hatte.

– Habt ihr gesehen, in welcher Verzweiflung er sich befindet, sagte Frater Jeronim boshaft, sicher hat er mit ihr Unkeuschheit getrieben. So verhält sich kein Hirte, sondern ein trauernder Liebhaber.

Testen, der unerwartet ins Refektorium zurückgekehrt war, sah Jeronim an, als wäre dieser nicht aus Erde gemacht, sondern aus Hundedreck.

– Eifersüchtig bist du, weil ich Antuns kleinem Fran, in den du dich vergafft hast, die Beichte abnehme, sagte er kaltblütig. Das Gesicht Bruder Jeronims verwandelte sich in das Tuch eines Toreadors.

Währenddessen legte Testen die aus einem Frauenjournal herausgerissene Seite auf den Tisch. Darauf waren sehr schön zwei Fotos zu erkennen. Das erste zeigte die Dame für vorher, die mit schmerzlichem Lächeln auf der Viehwaage steht. Das zweite zeigte eine Person von außerordentlicher Ähnlichkeit, aber mager, wie sie dem Fotografen im Bikini posiert.

– Da, sagte er, denkt bloß nicht, daß diese Magere eine andere Frau ist. Das ist sie: Die Dame für vorher. Im selben Jahr, als sie von Rab zurückkehrte, bemerkte sie, daß mit ihrer Gebärmutter etwas nicht stimmte. Die Regel blieb aus, und es waren auch andere Veränderungen an ihrem Körper festzustellen. Das war der Anfang. Sie hat mir alles detailliert in ihren Briefen geschildert. Sie begann stark abzunehmen und verlor mehr als fünfzig Kilo, ohne die Hilfe der Vamogel-Dragees, für die sie Reklame gemacht hatte. Die gynäkologischen Untersuchungen zeigten, daß in der Gebärmutter der Dame für vorher etwas am Wachsen war. Als sie sie aufmachten, fanden sie dort einen Tumor von der Größe eines sechswöchigen Fötus.

Das letzte Lebensjahr verbrachte sie glücklich, schmerzfrei und als magere Frau. Hier auf diesem Bild hat sie keine Haare, das, was ihr seht, ist eine Perücke. Sie starb auf der Internen Station des Krankenhauses der Barmherzigen Schwestern in Zagreb. Vor ihrem Tod schrieb sie mir, sie sehe manchmal jenen Italiener, Angelo. Allerdings ist kaum anzunehmen, daß das stimmt, denn die Metastasen hatten vermutlich auch das Hirn erfaßt. Vor ihrem Tod habe ich ihr die letzte Ölung verabreicht, sie wog nur noch vierzig Kilo und ging in den Himmel ein leicht wie eine Feder.

Es herrschte Schweigen. Selbst der boshafte Bruder Jeronim war für Augenblicke auf dem Teppich seiner Gedanken davongeschwommen. Die vier Geistlichen waren über den Resten von Wildbret und Kuchen verstummt wie über den irdischen Überresten eines Menschen, in tiefer Kontemplation.

– Und wieder hat er uns etwas vorgelogen, meldete sich Jeronim.

Der Bischof ergriff ein größeres Stück Rehbraten und begann ohne besonderen Appetit auf ihm herumzukauen. Zwischen den Bissen zog er, indem er einen leicht katholischen Schriftsteller zitierte, einen weisen Schluß:

– Mein Leben lang bin ich auf der Suche nach einer Geschichte, in der ein Mensch deshalb zum Gegenstand eines großen Unglücks wird, weil er abzunehmen versucht. Nun frage ich mich: Habe ich hier meine Geschichte gefunden?

FOLIO VERLAG — Transfer Europa

Sämtliche Bände 13,5 x 21 cm

Pier Paolo Pasolini — Bd. VI
Kleines Meerstück *und* Romàns. Zwei Erzählungen
Franz. Broschur, 144 S., ISBN 3-85256-037-3

Miljenko Jergović — Bd. VII
Sarajevo Marlboro. Erzählungen
Franz. Broschur, 136 S., ISBN 3-85256-038-1

Michael Hamburger — Bd. VIII
Traumgedichte
Franz. Broschur, 64 S., ISBN 3-85256-048-9

Pier Paolo Pasolini — Bd. IX
Lutherbriefe. Aufsätze, Kritiken, Polemiken
Franz. Broschur, 200 S., ISBN 3-85256-050-0

Mladen Vuksanović — Bd. X
Pale – Im Herzen der Finsternis. Tagebuch 5. 4.–15. 7. 1992
Franz. Broschur, 152 S., ISBN 3-85256-054-3

Claus Gatterer — Bd. XI
Unter seinem Galgen stand Österreich. Cesare Battisti.
Porträt eines Hochverräters
Franz. Broschur, 293 S., ISBN 3-85256-015-2

Miljenko Jergović — Bd. XII
Karivani. Ein Familienmosaik
Franz. Broschur, 181 S., ISBN 3-85256-056-X

Michael Hamburger — Bd. XIII
Baumgedichte
Franz. Broschur, 64 S., ISBN 3-85256-064-0

Ivan Lovrenović — Bd. XIV
Bosnien und Herzegowina. Eine Kulturgeschichte
Franz. Broschur, 240 S., ISBN 3-85256-082-9

Rebecca Brown — Bd. XV
Annie Oakley's Girl
Hardcover, 153 S., ISBN 3-85256-090-X

Tahar Djaout — Bd. XVI
Die Wächter. Roman
Hardcover, 172 S., ISBN 3-85256-091-8

Michael Hamburger — Bd. XVII
Todesgedichte
Hardcover, 144 S., ISBN 3-85256-092-6